「……包帯を、勝手に取っちゃ、だめじゃない」
柊真昼
MAHIRU HIIRAGI
終わりのセラフ
Seraph of the end
一瀬グレン、16歳の破滅

花依小百合
SAYURI HANAYORI
「野心をぺらぺら喋る奴を、俺は信じない」
雪見時雨
一瀬グレン
GUREN ICHINOSE

五士典人
NORITO GOSHI
十条美十
MITO JUJO
「さあいこうぜ、グレン。僕ら共通の女神様のスピーチを聞きにさ」
柊深夜
SHINYA HIIRAGI

CONTENTS

プロローグ　——この世の春について　P007
第一章　嫌われ者の入学　P013
第二章　深夜の教室　P033
第三章　新入生代表　P051
第四章　再会する二人　P097
第五章　戦争とスーパー　P113
第六章　選抜術式試験　P154
第七章　真昼に見る夢　P200
エピローグ　滅亡直前の春について——　P266

Seraph of the end

終わりのセラフ1

一瀬グレン、16歳の破滅《カタストロフィ》

鏡貴也

講談社ラノベ文庫

口絵・本文イラスト／山本ヤマト

プロローグ——この世の春について

子供のころは、どんな夢でも叶《かな》うと思っていた。

好きな人と一緒になり、欲しいものを手に入れ、毎日を笑って生きる。

それはとても簡単そうに思えた。

それは本当に、とても簡単そうに思えた。


「ねぇグレン」

「…………」

「ねぇ、一瀬《いちのせ》グレン」

「うん？」

「あの……私たちさ……」

「…………」

「大人になったら……その、私たち、結婚できるかな……？」

「…………」

「いまみたいにさ、ずっと一緒に、いられるのかな?」

青い芝生《しばふ》の上。

雲のない、抜けるような空の下。

隣で僕の手を握っている少女が、そう言った。

彼女はあまりに近すぎて、その息づかいが聞こえる。僕はその音が好きで。彼女の声が好きで。彼女の鼓動《こどう》が好きで。彼女のすべてが好きだった。

だけど僕は彼女を見ないまま、答える。

「無理だよ」

「どうして?」

彼女の声は少し、震《ふる》えている。

それに僕は言う。

「わかってるだろ?」

「私の……家のせい?」

「……俺《おれ》は分家。そしておまえは、本家の、それも当主候補だ。とても釣り合わないよ」

「でも、でもそんなの関係……」

「あるよ」

と、僕は遮《さえぎ》って言った。

　すると彼女は黙った。いや、泣いていたのかもしれない。彼女も、わかっているから。本当は、わかっているから。だから彼女の息づかいがほんの少し乱れ、僕の手を強く、強く握ってくる。

　と同時に、遠くで声が響《ひび》き始めた。

「いたぞ！」

「真昼《まひる》様だ！」

「また一瀬《いちのせ》のところのガキが、真昼様を連れ出したのか！」

「卑《いや》しい分家のくせに、いったいどういうつもりだ！」

　僕は、顔を上げる。

　隣にいた灰色の髪を持った少女に言う。

「お迎《むか》えだ」

　少女はやはり、泣いていた。僕の手を強く握ったまま、

「私……グレンと離《はな》れたくないよ」

「…………」

「私……私……」

　しかしそこで、少女の声は聞こえなくなった。でもそれは、少女が声を出すのをやめたからじゃない。

僕が、殴られたのだ。

大人たちがきて、僕を殴る。

「やめてぇえええええ！」

少女が叫ぶが、大人たちには届かない。

「身分をわきまえない、クソガキが！」

「いっそ殺しちまえ！　分家の一瀬《いちのせ》なんぞ、いらねぇんだよ！」

「殺せ、殺せ！」

そう言って、殴られ続ける。

殴られながら、僕はぼんやりと泣いている少女を見ている。

真昼《まひる》という名の、少女を。

卑《いや》しい身分に生まれた僕にとっての、太陽を——

「やめて！　お願いみんな、やめて！」

そこで一瞬、意識が飛んだ。

強く殴られて、自分が倒れたのがわかった。

鉄のような血の匂い。

抜けるように広がる青い空。

気持ちのいい芝生《しばふ》。

僕はその中を倒れていき、思う。
本当に子供のころは、どんな夢でも叶《かな》うと思っていたのに、と。
好きな人と一緒に過ごし、欲しいものを手に入れ、毎日を笑って生きる。
それはとても簡単そうに思えたのに。
それは本当に、とても簡単そうに思えたのに。
「……力が」
と、僕は倒れながら、呟《つぶや》く。
拳《こぶし》を強く握り、
「……欲しいものを手に入れるには、力が……足りない」
顔を、上げる。
するともう、少女は連れ去られようとしている。
彼女は泣きながら、こちらを見ている。
そして何度も、何度も、ごめんなさいと言っているようだった。
ごめんなさい。
私のせいで、ごめんなさい。
彼女は悪くないのに。
悪いのは、力のない、身分の卑しい、僕なのに。

「…………」

僕はそれを見つめ、手を伸ばした。

それは虚空《こくう》に向かって。

太陽に向かって。

真昼《まひる》に向かって。

自分が欲しているものを、なにもかもを手に入れるにはいったい、どうしたらいいのかと考えながら、僕は……

◆

そしてあっという間に、十年の月日が過ぎた。

第一章　嫌われ者の入学

Seraph of the end

「グレン様、グレン様、今日から高校一年生になるわけですが、心の準備は出来ていますでしょうか?」

「………」

「わ、わたくしは正直、緊張しております。いえ、グレン様の護衛《ごえい》役であるわたくしが緊張するのはいったいどうなのよ、という突っ込みが入ることは重々承知しているのですが、しかし！　しかしですね！　やはりこの第一渋谷《だいいちしぶや》高校に入学する、というのは、我ら一《いちの》瀬《せ》家《け》の従者にとっては、非常に緊張するものがあるわけでして。あの、ですので……」

と、さらに続いていく女の声を、しかし完全に無視して、一瀬グレンは空を見上げた。

すると空はピンク色に染まっていた。

桜が舞っているのだ。

春。

入学のシーズン。

グレンは詰《つ》め襟《えり》の制服を着て、両手をポケットに突っ込みながら、桜の下を歩いている。この道が続いていく先は、第一渋谷高校と呼ばれる学校だ。

ごく緩《ゆる》やかなウェーブがかかっている黒髪に、少しだけ冷たそうな目つき。その瞳《ひとみ》で隣で喋《しゃべ》り倒している女を見る。

自分と同じ十五歳の、少女。身長は百六十センチくらいだろうか。セーラー服姿に、茶色がかった髪。騒々しい口調からは想像できない整《ととの》った顔だちの、美人。

花依小百合《はなよりさゆり》だ。

小百合は本当に緊張しているようで、胸を手で押さえながら言う。

「あの、ですので、いたらぬ点もあるとは思いますが、その、頑張りますのでなにとぞよろしくお願い……」

が、それを遮《さえぎ》ってグレンは言った。

「あー、小百合」

「は、はい、なんでしょうかグレン様！」

「おまえさっきから、ちょっとうるさい」

「ええええええ⁉」

と、両手を上げて、ショックの顔になる小百合。さらに、

「も、もももも、申し訳ありません！」

あからさまにしょんぼりしながら、ずずずと後ろに下がる小百合。

そしてやはりグレンの背後に付き従うように歩いていた少女のほうへと近寄る。

そして言う。

「うう、雪《ゆき》ちゃん……わたくしグレン様に怒られました。うるさいって」

するとその、雪ちゃんと呼ばれた少女が、小百合のほうを見上げた。

こちらは背が、百五十センチないくらいの、小柄な少女だった。落ち着いた、冷たすぎる無表情。

雪見時雨《ゆきみしぐれ》。

年はやはり十五歳で、グレンの護衛役《ごえい》として『一瀬家《いちのせけ》』で長年修練を積んできた少女だった。

その、時雨が言う。

やはり無表情で、

「……だって本当にうるさいですし」

「あう⁉」

「……あんまりわーわーうるさいと、我らが主《あるじ》・一瀬家の——ひいては一瀬家次期当主様であるグレン様の品位が落ちるから、やめてくれませんか？」

「あうあうあう⁉　雪ちゃんまで⁉」

などとやはり二人はやかましい。

その、自分と同い年の従者たちを振り返り、

「はぁ……」

とため息をついてから、グレンは再び前を見た。

桜の舞う通学路。

楽しげに笑い合っている学生たち。

だが、確かにここを歩くのは、小百合《さゆり》じゃなくても緊張するだろう、と、グレンも思う。

なぜならここは、普通の学校ではないのだから。

鬼と呪術が支配する、忌《い》まわしくも呪われた学校なのだから。

《第一渋谷高校《だいいちしぶや》》

それは、『帝ノ鬼《みかどおに》』と呼ばれる、日本でも有数の宗教組織が管理運営している、呪術師養成学校だった。

もちろん、表向きは違う。表向きは普通の高校ということになっている。が、ここに通う人間はほぼ、すべてが、『帝ノ鬼』に所属し、その教えを信奉《しんぽう》している者たちの、子女たちだ。

それも、日本中にいる『帝ノ鬼』の信者たちの中でも、選《よ》りすぐりの実力者だけが集め

られている、エリート学校。

それが第一渋谷《だいいちしぶや》高校の実態だった。

　つまり、

「こいつら全員が、俺《おれ》のライバルか」

と、グレンは新学期の楽しげなムードに浮かれている、生徒たちの姿を眺める。

するとすると背後にいた時雨《しぐれ》がグレンに並んできて、言う。やはり他の生徒たちを見つめて薄く笑い、

「いえいえ、グレン様ほどの実力者が、『帝《みかど》ノ鬼《おに》』のガキどもにいるとはとても思えませんが」

　続いて小百合《さゆり》が勢いこんで、

「そ、そうですよ！　偉そうにばっかりしてる柊《ひいらぎ》家《け》の奴らに、われら一瀬《いちのせ》家《け》の次期当主、グレン様の力をガツンと見せつけてやりましょう！」

　などと言ってくる。

　ちなみに『柊家』というのは、１２００年前に『帝ノ鬼』を起こして以降、ずっと組織のトップに君臨し続けている家のことだった。

　そしてその、柊家から５００年前に分離して、『帝《みかど》ノ月《つき》』を作ったのが、自分たち一瀬家なのだが、それ以来、『帝ノ鬼』・『帝ノ月』両宗派の仲は、非常に悪い。

もちろん規模も、力も圧倒的な柊家に、一瀬家は表だっては逆らわないが――

一瀬家の従者である、時雨が言う。

「第一、一瀬家の次期当主候補を若いうちから自分たちの縄張りの高校に入れて屈服させよう――なんて制度を作っているところからして、柊の奴らの器量が知れます。奴らの時代は終わりましたよ」

続いて小百合が言う。

「あ、あ、それはわたくしもずっと思ってました。ですからグレン様、ご安心なさってください。わたくしたちのほうが、きっと強いです」

その言葉にグレンは振り返って、小百合に言う。

「安心しろもなにも、俺は緊張してない。さっきからうるさいのは、おまえだけだ」

「あう⁉」

続いて彼は時雨のほうを見下ろして、言う。

「あと時雨」

「なんでしょう？」

「さっきおまえは柊の奴らのことをガキと言ったが……」

「あ、これは失礼いたしました。柊の方々への嫌悪《けんお》感から、つい……」

「いや、言葉遣《ことばづか》いの問題じゃない」

「では？」

小首をかしげる時雨《しぐれ》。

それにグレンは言う。

ちっこい時雨を見下ろして、

「見た目はおまえのほうが、ガキだ」

「あっ」

と声をあげ、いつも無表情な顔を少しだけ赤らめてちょっとだけ唇を噛《か》み、時雨は言う。

「……気にしているのを知っててそれを言いますか？」

「ははは、おまえらが柊家《ひいらぎけ》をなめてっからだ。だからあえて言う。一秒も油断するな。気を引き締めろ。わかってるだろうが、ここに『帝ノ月《みかどつき》』の人間は、俺《おれ》と、おまえら二人しかいない。つまり残りの周りの奴らは全員——敵だ」

と、言った。

そしてそのときはもう、自分たちの周りは柊家の息がかかっている学生たちで、溢《あふ》れ返っていた。

当然だ。

ここは通学路なのだ。

そしていま、自分たちはその、敵が運営している学校へと入学しようとしているのだ。

時雨と小百合《さゆり》の顔が、緊張する。

おそらく、自分たちへ向けられている、いくつかの視線に気づいたからだろう。

声も聞こえてくる。

「なんだ、あいつら」

「あの襟《えり》の校章、『帝《みかど》ノ鬼《おに》』の紋章じゃないぞ……」

「ああ〜、そうか。今年はそういう年か。一瀬《いちのせ》の奴らだ。実力のないはぐれ者どもが、俺らの学校にまぎれこむぞ」

そんな声が、一斉に生徒たちの間に広がり始める。

それにグレンは、顔を上げる。

そのころには、百を超える目がこちらに向けられているのに、気づく。

冷たい瞳《ひとみ》。嘲《あざけ》る瞳。あきらかな敵意。嫌悪《けんお》。蔑《さげす》み。

それに時雨が、

「あいつら、見下し……」

が、その言葉を遮《さえぎ》ってグレンは言う。

「慣れてるよ。だから動くな」

「しかし」

「いいから。俺《おれ》たちはここで、力を見せない。敵にわざわざ、俺らはこんなに出来ますと、ガキみたいに張り切って手の内を発表《さら》してやる必要もないだろう?」

そう言って、グレンは振り返って従者たちにだけ笑ってみせる。

二人は不満そうだが、グレンは初めからそのつもりだった。

ここで自分たちの力は見せない。

中でも、一瀬《いちのせ》家の中だけで開発、発展させてきた呪術体系については、一切見せないとそう、決めていて——

「…………」

が、そこで突然。

どんっと、頭になにかが当たるのがわかった。

グレンは、前を向く。

頭に当たったのは、コーラが入ったペットボトルだった。フタは開いている。当然頭から、コーラをかぶってしまう。

「グレン様っ！」

小百合《さゆり》が叫ぶ。

「くそっ」

時雨《しぐれ》が前に出ようとする。

だがグレンはその、時雨の肩をつかんで、

「でしゃばんなよ」

と、後ろに下がらせる。時雨がそのとき、どんな顔をしていたのかは、わからない。

だが、グレンはへらへらと笑ったまま頭を押さえ、言う。

「あ～、痛いんだけど？」

すると柊《ひいらぎ》家《け》の息のかかった生徒たちが、一斉に笑う。

——なんだよあれ。

——とんだ腰抜けがきたぞ。

——だ～からしょせん一瀬の奴らなんだよ。

誰がコーラのペットボトルを投げたのかは、わからなかった。だが、誰が投げたかなどというのは、どうでもいいことだ。

なぜならどうせ、ここにいる奴らは全員、敵なのだから。

だからグレンは、罵声《ばせい》と嘲笑《ちょうしょう》を全身で受けながら、従者に呼びかける。

「小百合、時雨」

「……はい」

「なんでしょうか」

二人の声が、震《ふる》えている。悔しそうに、震えている。自分が仕えている者を馬鹿にされ、悲しんでいる。

そしてこれもきっと、自分に力がないせいだ。

いま、すぐに、柊家《ひいらぎけ》のすべてを潰すだけの力があれば、こんなところで我慢する必要もない。一瀬家《いちのせけ》が柊家を圧倒できれば、こんなことにはならないのだから。

だからグレンは振り返って、従者たちに、言う。

「嫌な思いをさせる。すまない。だが、三年の辛抱だ。付き合ってくれるか？」

それに小百合《さゆり》と時雨《しぐれ》が、顔を上げる。二人は泣きそうな顔をしていて、柊の奴らにそんな顔を見せるなと思うが、こちらを見上げ、ぐいっと近づいてきながら、

「も、もちろんです。わたくしはグレン様にお仕えするためだけに生まれてきたのですから！」

などと言い出す小百合の顔を押しのけて、グレンは言う。

「そこまで想われるのは、重い」

「あうあうあ⁉」

押しのけられて小百合はうめく。

続いて時雨がこちらを見上げ、

「……ですが、悔しいです。ちゃんとした呪法を使えたなら、グレン様は我らが一瀬家の中でも、千年に一度の実力だと言われていますのに」

「そりゃ誰の言葉だ？」

「うちの、父が……」

「五月雨《さみだれ》が？」

「はい。他にも『帝《みかど》ノ月《つき》』の幹部の方々がみな、グレン様は千年に一度の天才なのだから、私の命にかえてもお守りしろ、と……」

しかし遮《さえぎ》って、グレンは言った。

「そうか。そんなに評価されていたか」

「はい」

「じゃあその、幹部のじじいどもに言っとけ」

「は？」

「まだ五百年しか歴史のねぇ一瀬家に、千年に一度の天才が現れるわけねぇだろ馬鹿が。もうろくすんのもたいがいにしろってな」

「え、あ……いや……はは、確かに」

と、ちょっとだけ時雨がおもしろげに微笑《ほほえ》む。

そんな時雨を見て小百合が、

「あれ、雪《ゆき》ちゃんが笑うの、めずらし」

なんて言う。

二人は、落ち着いたようだった。

それをグレンは見下ろし、それからもう一度振り返る。生徒たちはもう、あまり残っていない。もう、学校が始まる時間なのだ。

なら、取るに足りないクズを——一瀬家《いちのせけ》の連中を、いつまでもからかっていても仕方ないだろう。

だからほとんどが、いなくなってしまっていて。

残ったのは、コーラを投げつけられてびしょ濡《ぬ》れのグレンと、従者二人だけ。

「じゃ、いくか？」

とグレンが言うと、時雨《しぐれ》が言う。

「……グレン様」

「あ？」

「……私どもが主《あるじ》を守るはずなのに、逆に守っていただいてしまうなんて……」

「黙れ馬鹿。部下を守るのは、主の務めだ」

「……あ」

それで時雨が、黙る。

すると背後で小百合《さゆり》が、

「ねねね、雪《ゆき》ちゃん、なんで赤い顔してるの？」

「こ、殺すぞおまえ！」

「えええええ、なんで⁉　なんで雪ちゃんたたくの⁉」

やはり二人はうるさい。

それに鬱陶《うっとう》しげな顔をしながらグレンは、学校へと向かおうとする。

もう学校は、見えている。いや、すでにここは、一般人は立ち入ることの出来ない、学校の敷地内なのだ。

長く伸びる、桜並木。

その向こうに校門があり、そしてそこに、一人の男が立っている。

珍しい白い髪。やはり詰《つ》め襟《えり》の制服。

男は薄く微笑《ほほえ》んでいる。

あきらかにこちらを見て、微笑んでいる。

そしてふいに手を上げる。

右手を。

その指先には札《ふだ》がある。その札がなんなのか、グレンにはすぐにわかる。呪術《じゅじゅつ》符《ふ》だ。柊《ひいらぎ》の呪法を行うための、符だ。その符が燃えて消える。

瞬間、目の前に小さな稲妻が現れる。

その呪術の発動スピードは、凄まじかった。おそらくあの男は、かなりの遣《つか》い手なのだろう。もしかしたら、柊《ひいらぎ》の名を持つ者かもしれない。

　だが、それでも、

　——俺《おれ》ならよけられる。

　グレンはそう、判断した。

　さらに反撃することも出来る。

　なら、どう動く？

　どう対応する？

　脳の中で神経信号が繋《つな》がりあい、そんなふうに考え、そして、彼は実際に動いた。

　まず目線を、右に向ける。稲妻とは逆の方向。まるでその、稲妻に気づいていないかのように、背後の従者たちのほうへと振り返ろうとして。

　そしてそこで、稲妻が弾《はじ》ける。

　ポンッと小さな音が鳴り、自分の体が吹っ飛ぶのを感じる。

「ぐぁっ」

　あまりの衝撃に一瞬、意識が飛びかける。地面に倒れたのを認識する。それでもしばらく、体が動かない。

　小百合《さゆり》と時雨《しぐれ》が、なにか叫んでいるのがわかる。薄く目を開くと、泣きそうな顔で二人がこちらに声をかけている。

その二人をぼんやり見上げながら、グレンは考える。

いまのは少し、やばかった――と。

うっかりよけて、こちらの実力をはかられる可能性があった、と。

だが、うまく反応できなかったように見せかけることが出来ただろうか？

それから。

「…………」

真剣にやりあって、俺はあいつに勝てるだろうか？

そんなことを考えながら、全身に意識がきちんと戻るのを、待つ。

小百合がグレンの頭を抱えて、泣いている。

「グレン様、グレン様」

それにグレンは言う。

「顔に胸が当たってるぞ」

「ちょっ⁉」

続いて時雨が、こちらを守るように立ちふさがり、校門の前を見ている。

「も、申し訳ありません、グレン様。私がついていながら」

それにグレンは言う。

「おまえはミスしてない。攻撃はわざと受けた」

「え⁉」

「おまえは攻撃してきたのがどこからか、すぐに反応できたか？　なら、優秀なのが、バレたぞ。だから俺《おれ》より優秀なフリをしろ。俺はおまえらに守ってもらわなきゃ、なにも出来ないクズでいく」

「そんな……」

そこでグレンは起きあがる。頭を押さえ、

「くそ、いったいなにが起きたんだ……」

などと言ってみる。

時雨《しぐれ》はそれに、一瞬困ったような顔をしてから校門のほうを指さして、

「あ、あそこから攻撃がありました」

などと、ちょっと棒読みのような口調で言った。

そして、そこで初めてグレンは校門へと目を向ける。

男はまだ、こちらを見ている。

真《ま》っ直《す》ぐこちらを見つめ、そして、まだ笑っている。

それにグレンは鬱陶《うっとう》しげに、

「……あ～こりゃだめか。バレてっか？」

と、うめく。

するとの男は肩をすくめ、踵《きびす》を返してしまう。学校の中へと入っていく。

グレンはその男の後ろ姿を見つめてから、言った。

「さて、俺らもいくか」

すると小百合《さゆり》が言う。

「ですが傷が……」

「んぁ？」

グレンは、自分の額を手で触る。少し、血が出ている。手についた血をなめて、

「はは、血がコーラ味だ。着替えをくれ」

「では私が取りに戻ります」

と、時雨が言う。その彼女に、グレンは命じる。

「あと、いまの奴の素性《すじょう》を調べろ。あいつけっこう強そうだ。警戒対象にする」

「わかりました」

こくりとうなずいて、時雨は学校とは反対側へと走り出す。

「じゃ、学校いくか」

と言うと、小百合もやはり、すまなそうな顔で言う。

「あ、あの、わたくし、本当になにも出来ずに……」

「そばにいてくれるだけで、十分助かってる」

「…………」

「第一、ここは敵地のど真ん中だぞ？　一番信頼してる奴しか連れてこねぇよ。だからそんな顔すんな」

そう言うと、なぜか小百合《さゆり》はあわあわした顔になり、頬《ほお》を赤らめ、

「あ、あ、あの、わたくしの命はグレン様のモノで……」

「だから重い」

「あうあうあ⁉」

顔を押しのけられて、弓反《ゆみぞ》りになる小百合に、グレンは笑う。歩き出す。

「冗談はさておき、いくぞ。いや～しかし、初日から楽しい学校生活になりそうだなぁ、おい」

そして一瀬《いちのせ》グレン・十五歳は、晴れて高校一年生になった。

第二章　深夜の教室

Seraph of the end

教室。

ホームルーム。

よくある、普通の学校の風景。

「…………」

そこにグレンは、いた。

一年九組の、一番後ろの窓際の席。

いまは初めてのホームルームの時間だ。担任らしき女が、これから行われる入学式について話している。

ちなみに小百合と時雨《しぐれ》はこのクラスにはいない。

小百合は一組。

時雨は二組、と、あきらかに何者かの意思が介入したとしか思えないほどに、九組からは場所的に一番離《はな》れたクラスに二人は配されていた。

「まあ、当然のことだが」

なにせ、グレンがここにいるのは、柊《ひいらぎ》家《け》がいかに優《すぐ》れ、圧倒的な力を有しているのかを、一瀬《いちのせ》の次期当主候補に見せつける——というのが目的なのだから。

「孤独にして、いじめて、屈服させる、か。よくもまあ、こんな陰湿な制度を二百年も続けてるもんだ」

グレンは笑う。

ちなみに二十五年前に、やはりこの学校に通わされたグレンの父親は、完全に柊家《ひいらぎけ》に屈服してしまっていた。本家のことを、好き、嫌いはさておいて、なにか大きな決めごとをするときには、必ず柊家にお伺いを立てるような男になってしまっていた。

そんな父の、『帝《みかど》ノ月《つき》』全体からの評判は、あまり良くない。

だがグレンは、それを悪いと思ってはいなかった。別にそれはそれでかまわない。父親への尊敬の念がなくなったわけでもない。

父親は、いま出来ることを、出来る限りでやっているのだから。そしてそれで争いがなく組織が綺麗《きれい》に回るのならば、いいだろう。

それにあの日だって。

「…………」

と、グレンは少しだけ思い出す。

あの、子供のころの記憶を。

真昼《まひる》と最後に会った日の記憶。

柊家の者たちに殴られ、ぼろぼろにされて家に帰ってきたときの、記憶。

父親はすまなそうにこちらを見て、こう言ったのだ。

『力がない親父を、許してくれ……』

父親は、泣きそうな顔で傷だらけの息子を抱きしめ、そしてすぐに、柊家に謝罪に向かった。

息子を殴られて、それでもなお、謝罪にいったのだ。


「…………」

グレンは物思いから抜け出し、顔を上げる。

クラスを見回す。

四十人。

男女比は半々のクラスだった。

クラス名簿によると、ここは『帝《みかど》ノ鬼《おに》』の中でも、幹部クラスの子女が多く所属しているクラスのようだった。

十条家《じゅうじょうけ》。

五士家《ごしけ》。

三宮家《さんぐうけ》。

といった呪術界でも有名な名家の子供たちが多数所属している。

ちなみにかつての一瀬家《いちのせけ》は、柊家《ひいらぎけ》を支える第一位の家柄だったのだという。だがいまは、もっとも低い階級ということになっていた。

その階級は絶対で、何人かの生徒たちが、ちらちらとこちらを見る。やはりそこには、同じクラスになったことへの嫌悪《けんお》や、敵意が感じられる。

さらに女教師が言う。

「さて、みなさんは今日からこの、第一渋谷《だいいちしぶや》高校の一員なわけですが、日本でも最高峰である呪術学校の生徒としての誇りと、自信を持って、実りある学生生活を送れることを願っています」

それからその、女教師は楽しげにこちらに目を向けて、

「まあ、若干一名、人ではないネズミが混ざりこんではいますが、そのへんは気にせずに。このクラスの生徒たちは実力も成績も最高位のエリートとして、ネズミにこの学校の威信を見せつける仕事をこなしていただければと思っております」

ネズミというのは、グレンのことだ。

生徒たちが笑う。全員ではないが、楽しそうに笑う。

そしてそれにグレンも、とりあえずへらへらと笑っておく。

それからこの、教師の力をはかる。自分を馬鹿にしたこの教師が、自分よりも強い力を

有しているのかどうかを、はかる。

馬鹿にされるのは別にいい。

わかっていてここにきているのだ。

だが、力で負けるのは許されない。呪術の展開能力で負けるのは、許されない。

自分は、父親とは違う使命を負《お》っているのだから。

温厚で、平和的に組織を運営することに尽力した父親とは、また別の欲望を胸に秘めているのだから。

「…………」

グレンはへらへらと笑いながら、周囲を見回す。

十条家《じゅうじょうけ》の女を。

五士家《ごしけ》の男を。

三宮家《さんぐうけ》の女を。

ちなみに、このクラスには一人だけ、特別な人間がいることも、すでに名簿でわかっていた。

そいつの名前は——

柊深夜《しんや》。

柊《ひいらぎ》の名字を持つ、柊家の人間だ。

『帝《みかど》ノ鬼《おに》』に所属する者にとって、柊の名前は特別な——それこそ、神の代理者と呼んでもいいほどに、高貴な名前のはずだった。

『帝《みかど》ノ月《つき》』にとっての、一瀬《いちのせ》と同じだ。時雨《しぐれ》や、小百合《さゆり》にとっての、グレンと同じだ。

だがいま、その席は空いていた。

グレンの席と一番離《はな》れた場所——高貴な柊の名を持つ者の席は、汚いネズミとは最も離れた場所に用意されている。

つまり、教室の一番前、入り口の近くだ。

とそこで、女教師が言う。

「もうみなさんお気づきのとおり、このクラスにはあの、深夜《しんや》様がお通いになります。その身に余る光栄を……」

うんぬん。

つまりそれほど素晴らしいお方が、一緒のクラスというわけだ。

それを生徒たちは、夢を見るような顔で聞いている。さっきまでの、ネズミを見ているときの顔とは別物の態度。

その馬鹿馬鹿しいほどにわかりやすい態度の変化に、グレンはまた、笑う。それから窓の外を見る。窓からは校門の外の桜並木が見える。

それを見つめながら、

「時雨と、小百合が心配だな」

小さく呟《つぶや》く。

するとそこで、ガラッと扉が開く音が、聞こえた。その瞬間、あからさまに教室中が静まり返り、緊張するのを感じた。

そして、

「あれぇ、なんでこんな静かなの？」

そんな声が、教室の後ろの出入り口でする。

男の声だ。

女教師がそれに、緊張した声音《こわね》で、

「こ、これは深夜様、ようこそ私のクラスへ……深夜様のお席はこちらでござい……」

が、遮《さえぎ》って深夜は言う。

「えー、嫌《や》だよ、そんな前の席」

「え、あの……」

「僕、そっちの席がいいや。だから替わってもらえるかな？」

「なっ、そんな……しかしそれは……」

などという、まるで王様が現れたかのようなやりとりが聞こえてくる。

どうやらやっと、柊《ひいらぎ》の血の者がここへやってきたようだった。

それにグレンは顔を上げ、教室の中へと目を向ける。

だがそこで、少しだけ驚いてしまう。

なぜならそこにいた男は、今朝、校門でグレンに向かって呪符《じゅふ》を投げつけてきた男だったから。

白い髪。詰《つ》め襟《えり》の制服。にこにこ笑っているように見えるわりには、鋭い眼光。自信溢《あふ》れる笑み。

どうやらこいつが、柊深夜《しんや》のようだった。

時雨《しぐれ》に素性《すじょう》を調べさせるまでもなかったな、と、グレンは思う。

さらにその、深夜は、こちらに近づいてくる。そしてニコッと笑って、グレンの隣に座っている女に言う。

「ね？　僕、ここがいいんだ。席替わってくれないかな？」

それに女が驚いたように一瞬動けなくなってから、

「あ、は、はい！　もちろんでございます！」

などと言って、慌てて立ち上がる。

それに女教師が言う。

「で、ですがそのようなネズミの隣に……」

深夜《しんや》がそれを、半眼で遮《さえぎ》る。

「ねぇ先生。教師が教え子を、ネズミなんて言うのはどうかと思うよ?」

「あ、その……」

「同じクラスの仲間同士。みんなで仲よくやらなきゃ」

「それは……」

そこでグレンの隣に座っていた女が、どく。

「ありがと」

にっこりと深夜は微笑《ほほえ》んで、グレンの隣に座ってくる。

そして、

「ああ、みんな、邪魔してごめん。ホームルーム続けてください」

なんて言うと、女教師は、教師とは思えないほど慌てて教壇のほうへと戻り、再びホームルームが始まる。

入学式の手順について。

この呪術学校がどういうふうに始まり、授業はどうなっていくかについて。

それをしばらく深夜はにこにこ聞いている。

グレンは再び、窓の外へと、目を向けている。

するとそこで、

「ねぇ君」

深夜が、声をかけてきた。

「…………」

「えーと、一瀬《いちのせ》グレン君、だっけ？　グレンって呼んでいい？」

それにグレンは振り返り、深夜を見る。やはりにこにこ笑っている。

グレンはその、深夜の顔を見つめ、答える。

「私に、お声がけでしょうか？」

すると深夜は笑って、言った。

「なにその敬語？」

「柊《ひいらぎ》家《け》の方には逆らうな、と、厳しく教育されております」

「え〜、ほんとにぃ？」

「はい」

「そっか。そりゃ〜、つまんないな」

「申し訳ありません」

グレンは頭を下げる。それ以上なにも言ってこないようなので、再び窓の外を見ようとすると、

「でもさ、今朝おまえ、わざと僕の攻撃喰《く》らったろ？」

「…………」

「あれ、なんでかなぁ？　実力を隠すためかな？」

「…………」

「それって、逆らう気満々ってことじゃないの？　野心丸見えなんだけど？」

くそ。やはりバレていた。

グレンは深夜《しんや》を見て、言う。

「これは……申し訳ありませんでした」

「お、あっさり認めるんだ？」

「ですが認めたのは野心の部分ではありません。ただ、家から誰にも逆らうな、柊家《ひいらぎけ》の方々からの怒りを買うな、と言われていたために、波風が立たぬよう攻撃を受けたのは事実です。実力を隠したわけではありません」

「ふぅん。そっか」

「はい」

「そっか～」

と、深夜はこちらを見つめる。にこにこと見つめる。そしてなぜか、近づいてくる。異様なほど近づいてきて、耳許《みみもと》で、言う。

少しだけ低い声で、

「なあグレン。つまんねぇ嘘《うそ》、吐《ぬ》かすんじゃねぇよ」

「…………」

グレンはそれに、目を細める。深夜を見つめ、

「嘘では……」

が、遮《さえぎ》って深夜は言う。

「ま、いいけどね～。でも、せっかく仲間がいるなーって思って期待してたんだけどなぁ」

「…………」

「僕も君と同じで柊家が嫌いだから、一緒になって、こそこそ色々やれたらおもしろいなあって、そう思ってたのに」

「…………」

「ちなみに僕、柊の血は引いてないよ。養子だから。子供のころから、柊に入るように育てられた、養子。だから柊家が嫌い。つまり君とは、仲間だ」

なんてことを、言う。

そしてそういう話は、聞いたことがあった。柊家は、自分たちの血筋に呪術の力が強い者が生まれるよう、優秀な子供を見つけて教育し、取捨選別し、生き残った者を養子にす

るのだ。

そして自分たちの血筋の者と結婚させて、子供を産ませる。

そういう噂《うわさ》は、以前からあった。

だがこいつが本当に柊《ひいらぎ》家《け》の養子なのかどうかは、わからなかった。なにより、もしこいつが言っていることが本当だとしても、こちらの本心を話す必要性はまるでなかった。

だからグレンは、「誤解です」と、答えようとした。「あなたが思っているような人間では、自分はありません」と、答えようとした。

だが、その前に——

深夜《しんや》はこんなことを言った。

「ちなみに僕の相手は、真昼《まひる》ね。柊真昼。彼女の相手になるように、僕は生まれたときから育てられた」

瞬間、自分が反応してしまったのが、わかった。

深夜を、見る。

するとその視線を受け止めて、深夜は笑う。

「おっと、あっさり本性が出た」

「なんのことでしょう」

「いやいや、別にいいよ。今日、すぐに君と友達になろうだなんて、思ってないから」

「…………」

「ちなみに真昼も、この学校に入ってるって、知ってた？　彼女は優秀だから、新入生代表としてスピーチするらしいよ。すごいよねぇ。君の、元彼女は……」

なんて言葉に、グレンは表情を変えないまま、答える。

「別に、真昼様と私は、そのような関係では……」

「いまは僕の許嫁《いいなずけ》だけどね」

「…………」

刹那《せつな》、グレンは言葉を止めて、少しだけ強い視線を深夜に向けてしまった。

すると深夜はそれを見逃さずに、整《ととの》った顔でにこにこ笑う。そして挑発してくるように、言う。

「どう？　悔しい？」

「別に」

「は、はは、その顔。もう、野心を全然隠せてないよ。だから仲よくやろうぜ？　言っとくけど、僕、そんなに真昼と仲よくないから安心してよ。柊の名前をもらっても、しょせんは養子。しょせんは下賤《げせん》なクズの出。本家の中で受けている扱いは、いま、君がここで受けてるものと一緒だよ。もちろんムカツクから、全部壊してやろうと思ってるけど」

なんてことを、言う。

もしも外に発言が漏《も》れれば、すぐにでも処刑されてしまいそうなほどに危険なことを言う。

これが引っかけなのか、それとも本当にこいつは反柊家《ひいらぎけ》の思想を持っている奴なのか、それはわからない。

わからないが、しかし、あまり関わりあいになるべき相手ではなさそうなので、グレンは対応を変えることにした。

顔を上げ、深夜《しんや》から目をそらして、言う。

「ちっ、ペラペラおしゃべりな野郎だな。俺《おれ》の目的は、おまえとは違う。おまえがなにをしたいかは知らないが、俺を巻き込むな」

瞬間、深夜の表情がさらに明るくなる。

「あ、もう敬語やめるんだ」

「うるさい」

「じゃ、友達？　友達になる？」

「うるせぇって言ってんだよ」

「あはは。ま、いいけどね。どうせ君には、ここでは僕くらいしか仲間はいないんだ。だから仲よくなるしかないしねぇ」

深夜はやはり楽しげに笑う。

それにグレンは深夜をちらりと見る。初日からずいぶんと面倒な奴に目をつけられたと、苦い気分になる。

とそこで、女教師が言った。

「では、そろそろ入学式の時間です。みなさん、いきましょうか」

それで生徒たちが立ち上がる。

深夜も立ち上がり、言う。

「じゃ、いこうか。僕ら共通の女神様のスピーチを聞きにさ」

女神とは、おそらく真昼《まひる》のことだろう。

だがあの日、大人たちに引《ひ》き離《はな》されて以来もう、真昼とは十年は会っていなかった。だからいまさら彼女の名前が出たところで、どういう感情を持っていいかが、グレンにはわからない。

だが、いまから真昼がいる場所へといくのだという。

真昼が新入生代表のスピーチをするのだという。

まさか彼女と、こんな再会の仕方をするとは思っていなかったのだが。

深夜がこちらに手を出して言ってくる。

「さあいこうぜ、グレン」

親しげに、名前を呼び捨てにしてくる。

グレンはその手を見上げ、顔をしかめ、払う。

「俺《おれ》に、近づくな」

「はは」

そしてグレンたちは、講堂へと移動した。

第三章　新入生代表

講堂には、全校生徒が集められていた。

生徒の数は、全部で１１００人。

一年生が６００人。

二年生が３４０人。

三年生が１６０人。

という内訳。

学年が上がるごとに人数が減っていくのは、各学期に何度かある、選抜術式試験によって実力が判定、ランク分けされ、能力がこの学校に相応《ふさわ》しくないと判断された生徒が、相対評価で退学になっていくからだ。

そして一年が終わるころには、生徒の数が約半分になる。だから学年が上がるごとに、生徒の数が減っているのだ。

当然、生徒たちは必死に勉強するし、修練を行う。体術、呪術、両面において秀《ひい》でていなければこの学校では生き残ることが出来ないのだから。

「といっても、俺はそれから除外されてるんだろうが」

と、生徒たちで賑《にぎ》わう講堂を見回して、グレンは小さく、呟《つぶや》く。

ちなみにグレンも、この第一渋谷《だいいちしぶや》高校に入学するにあたって、試験のようなものを受けていた。

それは数学や国語、歴史などの一般的な試験に加えて、呪術技能試験や、術式知識試験もあった。

そしてそれらすべてに対して彼は、手を抜いて挑《いど》んだ。というよりも、自分にとってはうっかりすると全部正解しそうになるレベルの問題ばかりだったので、誤答の仕方を一生懸命考えながら試験に挑んだ。

結果、あきらかに試験は合格できない点数になったはずだった。

それどころかおそらく、採点をした者はこう思っただろう。なぜ、こんな無能が、エリートだけが通うことの出来る、第一渋谷高校を受験してきたのか、と。

だがいま、どういうわけか自分はここにいる。

『帝《みかど》ノ鬼《おに》』の信者たちが通う呪術師養成学校の中でも、最も優秀な者しか入ることが出来ない学校に、受かってしまっている。

つまり試験には、なんの意味もなかったのだ。

「結局俺《おれ》は三年間、どんなに悪い成績でも、ここでいびられ続けるってことか」

グレンはそんなことを呟き、呟いた言葉とは裏腹に、妙に楽しげに自分を今後いびるようになるであろう、生徒たちを見つめる。

生徒たちは、楽しげだった。

新しい生活に期待し、しかしこれから始まる競争に不安になって、口数が多くなる。

講堂の舞台では、校長の長い挨拶が終わろうとしていた。

「君たちは選ばれた生徒です。ここに残る者は、将来、『帝ノ鬼』の中でも幹部候補として迎《むか》えられる可能性のある、光の卵です。そのことを胸に、誇りを持った、楽しい学生生活を……」

そんな話をさっきから長く、続けている。

グレンはその、校長を見上げる。

するとそこで突然、

「ねぇ、一瀬《いちのせ》グレン。ちょっと私の質問に答えなさい」

などと、横から声をかけられる。

グレンはそちらを見る。

するとそこには、セーラー服を着た少女がいる。おそらく隣にいるということは、同じクラスの生徒なのだろう。

気の強そうなつり気味の瞳《ひとみ》に、赤い髪。白い肌。

「いま、俺に話しかけたか？」

グレンは答える。

すると女は少し馬鹿にするような顔で言う。

「汚《けが》らわしい一瀬《いちのせ》家《け》の人間が、あなたの他にいますか？」

「汚らわしい、ねぇ」

その言葉にグレンは笑う。それから女を見て、言う。

「そういうおまえは、誰だよ？　どこの何様だ？」

するとそれに、女は信じられないというような顔になって、自分の赤い髪に触《ふ》れる。そして言う。

「はっ、やはり一瀬家の者は、無礼なうえに、無知ですね。この髪を見て、私のことがわからないだなんて」

ちなみにもう、グレンはこの女が誰なのか、おおよそ見当はついている。

おそらくは、十条《じゅうじょう》家《け》の人間だ。

というよりも、呪術を学ぶ者なら、その赤い髪について知らない者はいないはずだった。

十条十人《とひと》。

伝説の鬼をたった一人で調伏《ちょうぶく》し、その代償に呪いを受けて以来、その子孫は血のように赤い髪で生まれるようになってしまった——

それは、歴史の本にも書いてあることだ。

つまり、この赤い髪を見れば、すぐにそいつは、柊家《ひいらぎけ》に仕える旧家の中でも、五指に入る名家——十条家の者だとわかるのがあたりまえなのだが、しかしグレンは、女に向かって言った。

「おまえ、そんなに有名なのか？　アイドルかなんかか？」

瞬間、赤髪の女は心の底からあきれたような顔でこちらを見る。そして、

「……よく、その程度の知識でこの学校に入れましたわね」

それにグレンは笑って言う。

「サイコロ転がしたら、たまたま全部正解してな」

「うちの学校の試験は、マークシートじゃありませんよ……ってまあ、どうせ一瀬家の次期当主候補は、身の程を知るために無条件で入学が認められているんでしょうけど」

そう言って、やはりこちらを蔑《さげす》むような目で、見る。

それにグレンは聞く。

「んで？　その自意識過剰なアイドル志望者が俺《おれ》になんの用だ？」

「誰がアイドル志望者ですか！」

彼女のつり目が、さらにつり上がる。それでも顔が崩れないのだから、彼女は美人なのだろう。

「ああ、きーきーうるせぇな。じゃあおまえはいったい誰なんだよ」

すると彼女は、もう、私の名前を聞いて思い知れ、と言わんばかりの表情になって、言った。

「私は、十条《じゅうじょう》美十《みと》。あの、十条家の人間です」

まるでもう、これでひれ伏さない人間などいないとばかりの勢いでにやりと笑って。

それにグレンは言った。

「へぇ」

「どう？　恐れ入りました？」

「ん〜」

「ふふ、土下座してもいいのですよ？　まあ、無知な一瀬《いちのせ》の人間に土下座されても、嬉《うれ》しくもないですが」

「ってかさ、俺《おれ》」

「なに？　私に声をかけてもらえたことがそんなに嬉しいですか？」

という問いに、グレンは答えた。

「やっぱ、十条なんて知らねぇんだけど」

「そう。そんなに嬉しいですか。ならばいいでしょう。さきほどの無礼は許して……許し……ってちょっと待って。いまあなた、なんて言いました？」

「だから十条なんて知らないって」

「ちょっ！　冗談でしょ⁉　あの十条よ？『カエデの司鬼《しき》』を封じた、十条家の末裔《まつえい》よ？」

「知らん」

「っっっっ」

彼女はもう、なにかを叫ぼうとして、しかし、言葉にならない、というような顔だった。

それから首を振り振り、

「いえいえ、怒らないの美十。相手は下賤《げせん》な、一瀬のネズミなんですから……人間様並みの知能がないことはわかっていたことじゃないですか。こんなことでいちいち怒っていては、家名に傷がつきますよ。だから、落ち着いて」

小さな胸に手をあてて、ふーふー言い出す赤髪女。

それをグレンは、なんだこいつ……と思いながら見下ろし、それから、もう一度周囲を見回す。そして、思う。

おそらくここは、こんな奴らばっかりなんだろうなぁ、と。

少なくとも、子供のころからかなり厳しい呪術の修練を積まされた者しか、ここにはこられないのだ。さらに、家柄という階級社会にがんじがらめにされている者たちばかりが、集められている。となればきっと、社会性の低い奴らばかりが、集まっていることだろう。

「まあ、社会性のなさってことなら、俺《おれ》も人のことはいえないが」

彼は小さく笑う。

すると美十《みと》が怒るように言ってくる。

「なにを笑っているのですか！」

「あ？　いや別に」

「まあいいです。無知なあなたにこれ以上自己紹介しようとは思いません」

「そうか。まあ、おまえがアイドル志望だってことだけは……」

「だから違うと言ってるでしょう！」

と、美十が叫んだ。

それも今度は、それなりに騒がしい、講堂の中でも、一際響《ひときわひび》くくらいの大きさで。

それで校長の言葉が、止まる。一斉に視線が集まる。

それに美十は、しまったという顔で固まって、それから赤い髪に負けないくらいに顔を真っ赤にして、

「あ、あ、あの、失礼いたしました。続けてください」

と、か細い声で言った。

そしてそれで、再び校長が話し始めた。他の生徒たちも、すぐに顔をそむけた。おそらく、髪色だけで彼女の家柄がわかったからだ。それくらいに、十条家《じゅうじょうけ》というのは有名な、力を持った家だった。

美十は恥ずかしそうに小さくなっている。

その彼女を慰《なぐさ》めるように、グレンは言ってやる。

「はは、よかったな？　一瞬アイドルみたいに注目が集まっ……」

「あなた、殺しますわよ？」

ドンッと背中を殴られる。その力はあまり強くない。まあ、この華奢《きゃしゃ》な体では当然だろうが。つまり彼女は、体になんらかの呪術を付与して、戦うタイプなのだろう。

なにせ十条家の人間は、鬼を腕力で圧倒した——と、歴史書には書かれているのだから。

それほどに、十条家は武闘派の家として有名だった。暗殺や護衛《ごえい》の役職につく者が多い家系。おそらく彼女も、相当の実力を持っているだろう。

だからこそ、グレンは彼女を値踏みするような目で見て、思う。

——さて、俺《おれ》にはこいつを殺せるだけの実力があるか？

と。

だが、態度には出さない。自分を殴ってきた美十《みと》を見下ろして、グレンは聞く。

「で？」

「なんですか？」

「おまえのほうが俺に声かけてきたんだろう？　なんの用だ？　ナンパか？」

「ナン……そんなわけないでしょう！」

また声が大きくなりかけて、慌てて彼女は声を潜《ひそ》める。感情の起伏《きふく》が激しいタイプのようだった。

美十は言ってくる。

「私が聞きたかったのは、柊《ひいらぎ》深夜《しんや》様のことです」

「ふむ」

「さきほど、あなたは深夜様となにか話し込まれていたように見えましたが、いったいなんの話をしていたのですか？」

なんてことを、問われる。

そしてそれで彼女が聞きたいことは、だいたいわかった。

十条家《じゅうじょうけ》は柊家の者の護衛《ごえい》をすることが多い。となれば、柊深夜と一瀬家《いちのせけ》の者が親しく話しているのが、いったいどういう状況なのか、把握しておきたい、というのは当然の流れだろう。

だからグレンは答えてやった。

「特にたいした話はしてないぞ」

「嘘《うそ》ですね。かなり親密に話していたように見えました」

「どんだけじろじろ見てんだよ」

「いいから話しなさい。いったい、深夜様となんの話をしていたのですか？」

と、しつこく聞いてくるので、グレンはうんざりしながら、言う。

「ってか、ほんと聞いても仕方ないことだぞ？　ほんとに聞きたいのか？」

「聞かせなさい」

「あ〜、ってか、年頃の男たちが話すことといや、一つだと思うが」

「それはなんですか？」

「女の話だよ」

「え？」

「クラスでかわいいのは誰かって。で、深夜はおまえのことかわいいって言ってたぞ？　今夜誘おうかなって」

「は？　え……!?」

瞬間、美十《みと》の表情が変わる。顔が真っ赤になって、

「え、え、そそそ、そんな、嘘《うそ》でしょう？　そんな、いけません……し、深夜《しんや》様には、真《ま》昼《ひる》様が……」

なんてことを、美十はあっさり言う。

どうやら深夜と、真昼の話は、外に漏《も》れても問題のない、有名な話らしい。

となると、なぜ、自分は知らなかったのか？　という疑問がグレンの頭に浮かぶ。

美十があっさり口にするということは、きっと一瀬家《いちのせけ》でも把握していた事柄のはずで、それがなぜ、自分の耳に入らなかったか。

「親父か……」

と、ちょっとだけ困ったような顔になって、グレンは呟《つぶや》く。おそらくは、父親が真昼のことが彼の耳に入らないよう、情報規制を敷いたのだ。

となると、グレンの直属の護衛者《ごえいしゃ》である、雪見時雨《ゆきみしぐれ》、花依小百合《はなよりさゆり》も、このことを知っている可能性が、ある。

おそらくは、今日、ここで誰が新入生代表として、スピーチするかについても、あいつらは知っていたのだろう。知っていて、主《あるじ》に隠していた。

それにグレンは一人、苦笑する。

「はっ、なんだよそれ。たかが五歳のガキのくだらない恋愛だぞ？　そんな未練があるように見えてたのかよ」

横で美十が、相変わらず慌てた様子で続けてくる。

「そ、それに、柊《ひいらぎ》家《け》の方とそういう関係になるのは、私たち従家《じゅうけ》の人間は禁じられております。ですからあなたからも、困ります、と、深夜様にお伝えくださいませんか？」

「………」

「それに私は、真昼様のことを深く敬愛しておりますので、今日のこのお話は聞かなかったことにしたいと、そう深夜様に……」

「あ？　おまえ真昼と知り合いなのか？」

するとまた、美十の表情が変わる。怒ったように目がつり上がり、

「一瀬ごときの人間が、真昼様を呼び捨てにするとは、許しませんよ！」

また彼女の声は大きくなる。

それをなだめるように、グレンは言い直す。

「あ〜、ええと、真昼様とおまえは、知り合いなのか？」

すると美十は大きくうなずく。そしてまるで自慢するかのように、

「真昼様は、本当にお綺麗《きれい》で、それでいて従家の人間にもわけへだてなく優しく接してくださる、女神のようなお方ですから」

女神――と、こいつも言った。

どうやら真昼《まひる》は、ずいぶんと好かれているようだった。

美十《みと》は続ける。

「おまけに文武に秀《ひい》で、この学校の入学試験も、全教科トップで通過されたと聞いております。我ら『帝ノ鬼《みかどおに》』に所属する者たちにとって、真昼様に仕えられるということは、幸せの極みですわ」

とのことらしい。

全教科トップ。

真昼は、あの入学試験を、トップで通過したのだという。

つまり、一年生の中で一番優秀なのは、真昼なのか――と、グレンは考える。

そしてまた、頭の中にはあの言葉が浮かぶ。

なら、その真昼を俺《おれ》は、倒すことが出来るか？　柊家《ひいらぎけ》を圧倒することが出来るだけの力を、自分は持っているのか？

だがそれと同時に、もう一つ、映像が頭に浮かんでくる。いや、浮かんでしまうと言ったほうがいいだろうか。

まだ、真昼とよく一緒に遊んでいたころの光景。

青い芝生《しばふ》。

雲のない、抜けるような空の下。

いつも隣で、嬉《うれ》しそうに、楽しそうに、無邪気な顔で笑う、真昼。

あれからもう、十年の時が過ぎたのか、と、グレンは思う。

時が流れるのは、速い。

するとそこで、校長が言う。

「長くなりましたが、私からの話は終わりです。では次は新入生代表からの挨拶にうつりましょう。今年の新入生代表は、満場一致で決まりました。あの、柊家のご息女を、この学校に迎《むか》え入れることが出来たことを、光栄に思います——それでは、柊真昼様——ご挨拶お願いいたします」

そう言って、校長が頭を下げる。

すると舞台の袖《そで》から、一人の少女が現れる。

長く綺麗《きれい》な灰色の髪に、凛《りん》とした強い瞳《ひとみ》。冷たいといっていいほどに整《ととの》った顔立ちなのに、彼女は冷たく見えない。

どこか穏やかで、たおやかで、それでいて、子供のころと同じような無邪気さも残っているように見えた。確かに他の者たちが女神と、そう呼びたくなる気持ちが、わかる。

「…………」

あれほど賑《にぎ》わっていた講堂は、千人を超える人間がいるとは思えないほどに、異常なまでに静まり返っている。

全員が真昼《まひる》に見とれているようだった。

もちろん柊家《ひいらぎけ》――という名前にも、それだけの力はある。ここに集まった者たちを、黙らせるだけの力がある。

だがいま、ここで起きていることは、それだけじゃなかった。

真昼の中にある、なにか、強い光のようなものに押し潰されて、生徒たちは動けなくなってしまっているように、見えた。

真昼が壇上に上がる。

生徒たちを見つめ、軽く会釈《えしゃく》をし、そして優しく微笑《ほほえ》む。

「ご紹介、ありがとうございます。柊真昼です。今日は、新入生代表としてご挨拶させていただきます。よろしくお願いします」

澄んだ、よく通る声。

その声だけで講堂の中に、魔法がかかってしまいそうだった。

横で、美十《みと》がうっとりしたような顔をしている。

何列か前にいた、柊深夜《しんや》が、こちらを振り返ってくる。

もちろん真昼はグレンには目を向けない。これだけの人数の中から、自分を見つけるのは困難だろう。

いやそれとも、

「下賤《げせん》な、成績も低い、一瀬《いちのせ》のネズミになど、興味ないか?」

真昼《まひる》はまるで、歌うように滑《なめ》らかに、挨拶を続けていく。

それを見上げて、グレンは思う。

自分と彼女との距離は、昔とまるで変わっていない。


神と、地面を這《は》う、ネズミだ。


それにグレンはにやりと笑って、それから、

「はは」

誰にも見えないように、拳《こぶし》を握った。

◆

夜。

時刻は十九時半。

今後の学校でのカリキュラムについての話を聞かされ、それからいくつかの呪術的な試験が、入学式をしたばかりだというのに行われたあと、グレンたちは家に帰されていた。

グレンが住むことになっている家は、学校から歩いて十五分ほどの場所にある、高層マンションの一室だった。

五LDKというかなり広い部屋を、一瀬家はグレンが第一渋谷《だいいちしぶや》高校に通うためだけに、借りてくれていた。

いやそれどころか、敵が忍び込んだりしないように、と、このマンションの上下階のフロアのすべての部屋を借り切ってしまっており、そのそれぞれに呪術トラップを仕掛けて侵入できないようにしている――というほどの念の入れようだった。

つまり、いまグレンが住むことになっている部屋の他に、このフロアに四室。上下階あわせると十四室も部屋が余っているはずなのだが、しかし、

「なんでおまえらは、俺《おれ》と同じ部屋にいる？」

リビングのソファにあぐらをかくように座って、険《けわ》しい顔でグレンは目の前の二人の少女に言った。

護衛者《ごえいしゃ》である、雪見《ゆきみ》時雨《しぐれ》と、花依《はなより》小百合《さゆり》だ。

最初の取り決めでは、二人はグレンの部屋の両隣に住むことになっていたはずなのだが、いま、二人ともがすべての荷物をリュックに背負って、こちらの部屋に移ってきてし

まっていた。

グレンの質問に、時雨《しぐれ》が答える。

「……やはり従者たるもの、どんなときも主《あるじ》から離《はな》れてはならないとそう……」

「邪魔だ」

「う……」

続いて小百合《さゆり》が言う。

「で、でもでも、部屋は五ＬＤＫもありますし、グレン様のお邪魔にはならないようわたくしたち従者は息を潜《ひそ》め、ひそやかに生活……」

「出来た例《ためし》がないだろうが、おまえは」

「あう……」

「いいから、出ていけ。俺《おれ》はうるさいのは嫌いだ」

「ですが」

「ですがじゃない。いいから、出ていけ」

と、グレンは命じる。指で出口をさす。

するとそれに、従順な彼女たちは、うなずいて言った。

まず時雨が、

「……よし小百合。まずはグレン様の言うことを聞いて出ていくフリをして、夜中に戻ってこよう」

　続いて小百合が手をぽんっと打ち、

「さっすが雪《ゆき》ちゃん、あったま……」

「よくない！」

　グレンは怒鳴った。

　それからため息をついて、言う。

「おまえら従者のくせに、全然俺の言うこと聞かないな」

　時雨が抗弁する。

「ですが我々は、グレン様の身の安全を、最優先に考えております」

　小百合がうんうんとうなずく。

「そうです。わたくしたちの命は、常にグレン様のために投げ出す覚悟が出来ております」

　と、二人はまるで出ていく気がなさそうで、グレンはうんざりしたように腕を組む。それから考える。

　三年間、同じ部屋で女二人と暮らさなければいけないという、苦痛について。

　それもお互い、年頃の男女だ。

　となれば、妙な気を遣《つか》う必要も出てくるだろう。それが非常に、めんどくさい。とにかくめんどくさい。

だから、言った。

「ってか、おまえら一緒の部屋に住みたいと言うが、その意味が本当にわかっているのか？」

するとそれに小百合《さゆり》が小首をかしげて、言う。

「一緒に住む、意味ですか？」

「そうだ」

「いったい、どういうことでしょう？」

それにグレンは、答える。

部屋の隅にある、まだ荷解《にほど》きされていない段ボール箱を指差して、

「おまえ、あの段ボール箱になにが入ってるか、知ってるか？」

それに小百合は振り返り、段ボール箱を見て、聞く。

「なんでしょうか？」

「エロ本だ」

「え……!!」

瞬間、小百合の表情が強《こわ》ばる。

ちなみにその箱にはエロ本など入ってはいないのだが、そんな事実はどうでもいい。

グレンはにやりと笑って、続けた。

「つまりは、そういうことだ。男の部屋に一緒に住むっていうのは、そういうことも受け入れることになるぞ？　それでもおまえは、この部屋にいると言うのか？」

「……そ、それは……」

「よし。一緒に暮らすのが無理とわかったなら、いますぐ出て……」

が、しかしそれを遮《さえぎ》って小百合は言った。なぜか顔を真っ赤にし、ぎゅっと目を閉じて、

「だ、大丈夫です……その、そういうことについても、うちの父からきちんと話は聞いております」

「は？」

「あの、その、グレン様のその、よ、よよよ、夜伽《よとぎ》のようなことも、わたくしの大事な務めであると、そう……」

「おまえの父親は、いったいなに馬鹿なこと言ってんだ！」

グレンは怒鳴るが、しかし小百合は続ける。

「そ、そそそれにわたくしもグレン様のためならその、あれですし……ですのでエロ本などお使いにならなくても……」

「いいから出てけアホが！」

というグレンの言葉に、しかし小百合《さゆり》の横にいた時雨《しぐれ》が、静かに言う。

「おい小百合」

「はい」

「安心しろ。あの段ボール箱の中は、エロ本ではない。呪術の研究書だ」

「え?」

「我らの主《あるじ》が、エロ本などという低俗なものを見るわけがないだろう。そんなことをしている暇がないほどに、激しい修練をし続けてこられたのが、グレン様だ」

その言葉に、小百合の表情はぱっと明るくなり、

「そ、そうですよね! さすがですグレン様!」

「………」

「ですがもし、そういうことが必要なら、早めに言ってくださいね。わ、わたくしもその、心の準備というものがありますし」

「………」

続いて時雨が言う。

「では、とりあえず私は部屋の片付けを始めます。小百合は……」

「あ、じゃあわたくしは夕食を作りますね。グレン様は、なにが食べたいですか?」

と、なにも解決してないはずなのに、もうすべての話は終わったかのような態度で、動

き始める二人。

その、反抗しかしない従者二人にグレンはうんざりしながら、

「……カレー」

とだけ、答えた。

すると小百合は、

「はいっ！」

嬉《うれ》しそうに答え、そのまま二人は、もう、完全にこの部屋に住む気満々でテキパキ動き始めてしまって、

「……はぁ」

グレンはぐったりと深いため息をついた。

それからソファの上で、ケータイを取り出す。家に電話をかける。数コール鳴ったところで、相手が出る。

『グレンか』

電話の相手は、一瀬家《いちのせけ》当主の男だった。

つまり、グレンの父親だ。

グレンは父親に、答える。

「ああ、俺《おれ》だ」

『そっちはどうだ？』

「従者が言うことを聞かねぇ」

『はは、俺《おれ》の命令だ』

「余計な命令すんじゃねぇよ」

『で？　学校は？』

父親の問いに、グレンは今日あったことを頭の中で思い返す。

通学路で早々にコーラを投げつけられたことや、柊《ひいらぎ》深夜《しんや》のこと。

それに、学校に真昼《まひる》がいたこと。真昼に許嫁《いいなずけ》がいて、おそらくは父親が、それを自分に隠していたこと。

その、すべてを思い出して、

「別に。普通」

『そうか。普通か』

「ああ」

『まあ、おまえは俺と違って、強いからな』

「親父のほうが強《つえ》ぇよ。俺は気が短いだけだ」

『はは……そうか。だが、助けがいるときは……』

が、遮《さえぎ》って、言う。

「問題ない。この程度のことをこなせなきゃ、一瀬《いちのせ》の次期当主なんて、名乗れねぇだろ？」

『そうか……父親としては少しは助けたいんだが、おまえは俺には過ぎた息子だな』

「んなことねぇって。それで、そっちの様子は？」

『こっちも相変わらずだ。心配するな』

「そうか。ならいい。じゃあ切るぞ」

『わかった。グレン』

「ん？」

『気をつけろよ』

父親はそう言った。それにグレンはうなずき、

「わかった。じゃあな」

『ああ』

それで、電話は終わった。

ケータイを切ったのを見計らって、時雨《しぐれ》が聞いてくる。

「グレン様」

「ん？」

「早めに荷解《にほど》きしておきたいものは、ありますか？」

グレンは時雨《しぐれ》のほうを向いて、答える。

「いや、俺《おれ》の荷物はいい。おまえらは自分の荷物だけやってろ」

「ですが」

「ああ、じゃあ、玄関横の部屋に入れた荷物については、早めに頼む。あそこの荷物は、呪具が入ってるからな」

「わかりました」

時雨は頭を下げて、とことこと玄関横の部屋へと入っていく。

その小柄な後ろ姿を見つめ、それからキッチンの小百合《さゆり》へと声をかける。

「おい小百合」

「はい、なんでしょう?」

「夕飯はどれくらいで出来る?」

「ええと、煮込まなくてもよいのなら、一時間ほどで……」

「そうか。一時間ね」

「もっと急ぎましょうか?」

「いや、煮込め。少し隣の部屋で仮眠を取る」

と言って、グレンは立ち上がる。それからリビングの隅においてあった、黒く長い袋をつかむ。

この袋の中には、いわゆる日本刀と呼ばれるものが入っていた。

一瀬家《いちのせけ》はおもに、呪術を剣技とあわせて遣《つか》うことによって発展させてきた家で、ことに剣を使う、ということに関してだけは、柊家《ひいらぎけ》にも負けないはずだった。

だからグレンは、刀を遣わなければその実力のすべてを発揮できないのだが、しかし、学校では刀を鞘《さや》から抜く気は、なかった。

実力を見せないままに——一瀬家の呪術の発展状況について、柊の奴らには見せないままに、卒業する予定だった。

だが、その間も修練は必要だ。

だからその刀が入った、背中にかけられるようになっている袋をつかむ。気配を消す。小百合と、時雨がグレンの動きに気づかないように。

「…………」

そのまま彼は、部屋を出る。

向かうのは、一つ上の階だ。

一瀬家は一部屋丸ごと、修練場として改造している部屋を上階に用意してくれているはずだった。だから、その部屋へと向かう。

エントランスから、エレベーターがある場所へと進み、ボタンを押して昇降機を呼び出す。

このマンションは二重オートロックになっており、マンションの住人か、住人から許可された者しか、エレベーターに乗ることが出来ないし、やはり許可された階にしか降りることが出来ないはずなのだが、上がってきたエレベーターには、人が乗っていた。

ちなみに、このマンションは27階建てだった。

そしていま、グレンがいるのは25階。さらに上の階である26階は、一瀬家《いちのせけ》が借り切ってしまっているはずで、その上の27階は、このマンションのオーナー一族が住んでいるはずだった。

そしていま、エレベーターには一人の男が乗っていた。

黒いスーツを着た、二十代前半くらいの男。

この階までこられるのは、一瀬家の人間か、27階に住んでいるオーナー一族の者だけのはずなのだが。

グレンはその男を、見る。

すると男は微笑《ほほえ》み、頭を下げて、

「こんばんは。上の階にいかれるんですか?」

と聞いてくる。

それにグレンはうなずいて、言う。

「ああ、そうです。あなたは、27階ですか?」

すると男はにっこり笑って、うなずく。

「はい」

「それでは、オーナーの方ですか？」

「そうです」

「なるほど。そうですか。それではこれから三年間、お世話になります」

「いえいえ。こちらこそ、素性《すじよう》のいい店子《たなこ》の方に入っていただけて、嬉《うれ》しく思っております」

などと、言う。

グレンはうなずき、そしてエレベーターに乗る。振り向く。そしてエレベーターの、階を選択するボタンを見る。

押されている階は、オーナー階である27階では、なかった。というよりも、どの階も押されていなかった。

つまりこの男が目的としていた階は、いま、グレンがいるこの、25階だったのだ。なのにこいつは、まるでオーナーであるかのような嘘《うそ》をついた。

さらにはグレンがエレベーターに入ってしまえば、すぐにバレてしまうような嘘をついた。

ということは、つまりこいつは、

「暗殺者か」
グレンは身を沈める。すぐに背負っていた袋を破り捨て、鞘《さや》から刀を抜く。この狭い空間で刀を抜くのは難しいはずだが、しかし、彼はもう、それに慣れていた。どんな場所でも、どんな状況でも、刀剣を使いこなす訓練を子供のころから仕込まれている。
すると男ももう、反応している。いや、まるで待ち構えていたかのようだった。懐《ふところ》から
なにかを取り出す。それが鎖だというのが、自分の刀がぶつかった瞬間に、わかる。
鎖には呪符《じゅふ》がいくつも結びつけられている。
その呪符は、あまり見たことがないものだった。
少なくとも柊《ひいらぎ》の者が使う呪符ではない。
柊が使う呪符は——密教と陰陽道《おんみょうどう》をベースに、世界中のあらゆる呪術科学を取り込ん
で複雑に発展してきたもので、出自が同じである一瀬《いちのせ》の者なら、ある程度は読めるのだ。
だが、男が使う呪符は、柊家とも、一瀬家とも、基礎部分からして種類の違うものだっ
た。おそらくはベースが、西欧の呪法だろう。カバラか、もしくは、まったく別のもの
か。日本古来の呪術式も混じっているようには見えるが——とにかく、グレンには読み取
ることが、出来ない。
男がその、奇妙な呪符がくくりつけられた鎖でグレンの刀を縛ろうとしてくる。

それをグレンは、足で男の腹を蹴り、刀を引いてさせない。さらに左手の指先で、制服の袖《そで》の部分に触《ふ》れる。そこに仕込んでいた札《ふだ》を引き抜き、指先で九字《くじ》を切る。

刹那《せつな》、札が弾《はじ》けて消え、同時に男のすぐ目の前に稲妻が生まれる。

今朝、深夜《しんや》がグレンに対して放ってきた呪術と同じものを、遣《つか》う。それも深夜よりも、速く、滑《なめ》らかに、人を殺せるだけの威力を持って。

男は目を見開く。その、見開かれた瞳《ひとみ》に突き刺さるように、小さな雷《いかずち》の鬼は弾ける。

おそらく相手が普通の人間であれば、それで目が潰れただろう。

だがグレンは動きを止めない。一度引いた刀で男の首を狙う。

すると男がそれに、

「はは、は、すごい……まるで容赦《ようしゃ》ないなぁ」

などと言いながら右腕を上げる。

しかしグレンはかまわずその刀を振るう。

相手の腕だけじゃなく、首ごと斬り裂けるほどの勢いで振るう。

だが、ギィンという、まるで金属と金属がぶつかりあうような甲高《かんだか》い音が鳴って、刀は止まってしまう。

男の、腕の骨に当たったのだ。だが、人間の骨なら、斬れるはずだった。いや、そこに鉄甲《てっこう》が仕込まれていたとて、グレンは切断する自信があった。

だが、刀は止まる。

男がこちらを見て、笑う。

目も潰れていない。それどころか、斬り裂かれた腕の肉の部分からは、黒い煙のようなものが噴き出していて、それがまるで意思を持っているかのようにこちらに襲いかかってこようとして……

「くそ、狭い場所は、不利か」

グレンはすぐに後方へと引く。エレベーターから飛び出す。出ると同時にポケットに入っている札《ふだ》をいくつか取り出し、投げる。エレベーターの入り口四隅に貼り付け、結界を作る。

出てきた者を殺す結界だ。

そのまま刀を鞘《さや》に戻す。鞘を腰のベルトに差し、居合の構えになる。

そして、エレベーターの中のスーツの男に向かって、言った。にやりと笑みを浮かべ、

「んじゃ～、出てこいよ。次は首まで斬ってやる」

しかし男は、出てこない。

ただ、楽しそうに笑ったまま、斬り裂かれてぶらぶらしている腕を器用に使って、扉が閉じないように、エレベーターの「開」ボタンを押している。

そのまま男はこちらを見つめ、言う。

「いやぁ、さすが次期一瀬家《いちのせけ》の当主候補。怖いなぁ……エレベーターでたまたま乗り合わせただけの人間を、躊躇《ちゅうちょ》なく斬れるだなんて……」

グレンは、黒い煙が出ている腕を見つめて、答える。

「てめぇは人じゃねぇだろ」

「はは、心外だなぁ」

「だが、吸血鬼《ヴァンパイア》でもねぇな。あいつらは人間に興味ねぇしな」

「………」

「じゃあどこぞから放たれた暗殺者ってことになるが……柊家《ひいらぎけ》からの刺客《しかく》か？」

するとそれに男はにっこり笑って両手を開き、

「ご名答……」

と、言いかけるのをグレンは遮《さえぎ》って、言う。

「吐《ぬ》かすんじゃねぇよ。てめぇが鎖に付与してる呪術は、柊のものじゃない。それに柊は馬鹿にしてる一瀬の人間を殺すために、刺客なんて放ってこない。さてじゃあ、おまえはいったい、誰だろうなぁ？」

そのままグレンはさらに、身を沈める。刀を引き抜く力を全身に込める。鞘にはあらかじめ強い呪詛《じゅそ》が施《ほどこ》されており、それを発動するように、左手の薬指と小指で、グレンは繰り返し、繰り返し、とんとん、とんとんとんとん、と、祝詞《のりと》を書き込んでいく。やがてその、すべての呪詛《じゅそ》が完成する。刀身が真っ赤に染まるほどに強い呪いがかかる。

そしてグレンは、言った。

男に向かって、

「真実を話さなければ、殺すぞ？」

すると男がこちらを見つめ、答える。

「ああ、そこまであっさり見破っちゃうのね。そうか。思ったとおり君は優秀な……」

が、言葉の途中で、グレンは刀を抜き放った。

いや、最初《はな》から会話するつもりなど、なかったのだ。こいつはどうせ、真実は話さない。柊《ひいらぎ》家《け》からの刺客《しかく》か？　と聞いたときに嘘《うそ》をついたのを見て、こいつとの対話は無駄だとわかった。

だから、刀を放つ。

一瞬男が驚いたような顔になる。

だがそれも、一瞬だけ。

刀が男の右胴下から入る。すぐに肋骨《ろっこつ》に当たる。さっき腕を斬ったときと同じように、ギィイイイインという、金属に刀身がはね返されるような音がするが、しかし、

「押し、斬れぇえええええええ！」

グレンは声をあげる。真紅《しんく》の刀身が震《ふる》え、そのままさらに斬り上げる。肋骨を斬り裂

き、左肩上に抜ける。

これで死ななければ、こいつは本物のバケモノということになる。

そして。

「ははっ」

男はこちらを見て笑った。

やはりバケモノだった。

斬り裂いた胴から、黒い霧と、そして見たことのない呪符《じゅふ》が巻きついた鎖が飛び出してきて、グレンを拘束しようとする。

グレンはもう一度後方――エレベーターの外に下がろうとする。

だが刀を持つ右腕が捕まってしまう。それを見つめ、彼は考える。腕の関節を、外すか？　だがそうなると、刀を奪われるだろう。なら、もう一度鎖を無視して斬りかかるか？

だが相手の能力がいまいち見えない状況で、狭いエレベーター内での攻防を続けることは、正しいだろうか？

特に問題は、あの黒い霧だ。

鎖はいい。だいたいの能力が読めるから。だが、霧にいったいどういった能力があるのかが、見えない。とにかく、吸い込むのはまずそうだ。だからグレンは、エレベーター内での攻防中、一度も呼吸をしなかった。

するとそれに、男が言う。

「本当に、君はすごいね。もうとっくに霧の毒にあてられて、動けないはずなのに……あの攻防中、息をしてなかったのか」

グレンは敵をにらみつけて言う。

「胴体を切断されて、呪いを受けてもぴんぴんしてるてめぇに褒《ほ》められたくないね」

「あはは、これ、すごいでしょう？」

また、楽しげに男は笑って両手を広げる。鎖と霧がまるで、それ自体が意思を持っているかのように宙空で蠢《うごめ》く。

それを見つめ、グレンは言う。

「てめぇはいったい、何者だ？」

「何者だと思います？」

「バケモノ」

「はは、これでもれっきとした、人間なんですけどね」

などと、言う。

そしてその言葉にグレンは顔をしかめ、

「人……人ね。つまりおまえは、人体実験で作られた、改造戦闘員《キメラ》か」

男は微笑《ほほえ》んで、答える。

「ええ。一瀬家《いちのせけ》も——『帝《みかど》ノ月《つき》』の方々も同じようなことをやってるでしょう？」

が、グレンは首を振る。

「柊《ひいらぎ》は知らないが、うちはやってない。第一、人体実験なんかしなくても、てめぇより俺《おれ》のほうが強《つえ》ぇよ」

「あはは、そうかもしれませんねぇ」

「んで？　能書きはいい。てめぇはいったい、誰だ？　どこの所属で、なんのためにここにきた？」

するとそ男はまともに答える気になったのか、鎖を体の中に隠し、さらに黒い霧も隠していく。いや、それどころか、斬り裂かれたスーツの傷までも、塞《ふさ》がってしまう。いったいどういう仕組みでそうなっているのかはわからない。あのスーツまで体の一部なのか、それとも、本体は別にあるのか。

次に攻撃するときは、炎を生む呪詛《じゅそ》で、あの霧のほうを焼いてみるか？　なんてことを頭の中で考える。

とそこで、男が名乗った。

「ではまずは、名乗りましょうか。私の名前は木島真《きじままこと》。所属は——《百夜教《ひゃくやきょう》》です」

「《百夜教》？」

グレンは呟《つぶや》き、その名前に、目を細める。

《百夜教《ひゃくやきょう》》というのは、この日本という国の中でも、もっとも規模が大きい、国家の暗部を支えているといわれている呪術組織の名前だった。

多くの政治家が《百夜教》の援助を受けており、一般人に知られることはないが、ほぼ、この国を陰から支配していると言ってもいいほどに大きな組織。

やはり呪術組織として規模が大きい柊《ひいらぎ》家《け》とは、時の権力者が替わるたびにどちらが後ろ盾《だて》となるかで小競《こぜ》り合《あ》いを繰り広げてきたが、第二次世界大戦後からは、アメリカのバックアップを受けた《百夜教》が、この国の基幹呪術組織の座を担っていた。

噂《うわさ》では、力と権力を手に入れるためにはこいつらはなんでもするという話だ。

殺し。

誘拐。

戦争。

そして、人体実験。

特に、《百夜教》が運営している孤児院での子供の扱いがひどいという話は、有名だった。

特殊な才能を持った子供たちをその親を殺して孤児院に集め、ひどい実験を繰り返しているのだという。

もしかしたらこいつも、そういう孤児院から生み出されたバケモノの一人かもしれない。

グレンは木島《きじま》と名乗った男の体を見つめ、それから刀を下ろして言う。

「なるほど。権力に狂った政治屋《せいじや》か。で？　その《百夜教》が、俺《おれ》になんの用だ？」

すると木島はやはり笑みを崩さないままに、言う。

「いやぁ、我ら《百夜教》と、あなたの利害が一致していると聞きまして、手を組みにきました」

「利害が一致？　いったい、なんの話だ？」

「そりゃ当然、『帝ノ鬼《みかどおに》』潰しですよ。柊家潰し。あなた、柊家のことが、嫌いなんでしょう？　だから柊家を潰すための力を、我々があなたに与えてあげます、というお話です。どうです？　興味が……」

が、言葉を遮《さえぎ》って、グレンは言った。

「興味ないね」

「はは、嘘《うそ》ばっかり」

「ってか、いったい今日はなんなんだよ。こりゃ、俺の忠誠心を試す、試験かなにかか？」

柊深夜《しんや》といい、なんでこうも、反柊家として俺を巻き込もうとする？　まだ、登校初日だぞ?

と、グレンは一人、苦笑しそうになる。

すると木島《きじま》が言った。

「あなたの過去は調べました」

「勝手に調べんな」

「あなたはいまの状況に、深い怒りを覚えている」

「ほぉ。で?」

「ですがとてもじゃないが、あなた一人の力で柊《ひいらぎ》家《け》を潰すことはかないません」

「へぇ。だから?」

「そこで我々が……」

が、やはりグレンは遮《さえぎ》って、

「興味ねぇな。それに興味があっても、おまえらとは組まない」

すると木島はこちらを見つめて、言う。

「なぜでしょう?」

それにグレンはにやりと笑って、答える。

「俺《おれ》は昔から、一等賞が好きなんだよ。なのにおまえらと組んだら、一等賞はおまえらが取るんだろう?」

「………」

「で、今度は《百夜教《ひゃくやきょう》》様に馬鹿にされる、一瀬《いちのせ》君か？　ふざけろっての。いいからさっさと、消えろ」

「………」

「それとも、殺しててめぇの存在を消してやろうか？」

と、グレンはもう一度鞘《さや》の剣に手を載せる。

すると木島は笑う。

「君は私には……」

「勝てるよ。殺すつもりなら、次は手加減しない」

「………」

「本当の実力を見せた相手は、全員殺すって決めてんだ。だが、五秒待ってやる。帰れ。帰って一瀬は寝返らなかったと上役《うわやく》に伝えろ。じゃあ数を数えるぞ。五……」

「………」

「四……」

そこで、刀の柄《つか》を強く握る。

孔雀丸《くじゃくまる》――という名の、呪術によって赤い呪いを浮き上がらせることが出来るこの刀の、封じられた部分に意識で触《ふ》れる。

「三……」

と、そこで、木島《きじま》の表情から、初めて余裕が消える。

「ああ、くそ、なんだ。さっきまでとはまるで様子が違う……はったりじゃないのか。わかった。今日のところは帰……」

「二……」

「………」

そこで木島は肩をすくめ、扉の閉めるボタンを押す。エレベーターの扉が閉まっていく。その途中で、言った。

「だが、我らと組まなかったことを、君はきっと後悔……」

「一」

しかしそこで、エレベーターは降り始めた。木島の姿が消える。

グレンはそれを見つめ、

「……はっ。《百夜教《ひゃくやきょう》》ね。こりゃ、近く戦争でもあるかね?」

と、刀から手を離《はな》し、ふうっと小さくため息をついてグレンは言う。

そしてもしそうなれば、柊《ひいらぎ》を潰すチャンスも出てくるかもしれない、なんてことを、ほんの少し思う。

それほどに、《百夜教》の規模は本当に大きいのだ。その力は、他国にまで広がっているという噂《うわさ》もある。その、《百夜教》と『帝《みかど》ノ鬼《おに》』がぶつかりあえば、そのどさくさに紛れて我ら『帝《みかど》ノ月《つき》』が覇権を握ることが出来る可能性も――

とそこで、エントランスで声がする。

「グレン様！　グレン様！」

小百合《さゆり》の声だ。なぜか、妙に慌てている。それからパタパタと走り出す音がして、すぐにこちらの姿を見つける。

「あ、いた！　グレン様！　勝手に出歩かれては、困ります！」

「あ～、いや、ちょっと修練場にいこうと……」

すると小百合の背後から出てきた時雨《しぐれ》が言う。

「修練場はまだ、片付けが終わっておりません。明日までに片付けておきますので、今日のところはお休みください」

「ふむ。まあ、そうだな。今日はちょっと疲れたしな。カレーは？」

その問いに、小百合がなぜか衝撃の表情になって、

「あ、火、つけっぱなしだった！」

駆け足で部屋に戻っていく。

それを時雨は振り返って見つめ、それから再びこちらを見て、さらに腰の刀を見て、言う。

「ここで刀を抜いたのですか?」

「ん? あ～、そうだな。このエレベーターホールは十分に広いからな」

「では、明日までにここで修練できるよう、用意させましょうか? いちいち上に移動するのも、ご面倒でしょう」

「ああ、そりゃいい。そうしてくれ」

と、グレンは床に落ちていた袋で刀を包み、そのまま歩き出す。

すると時雨《しぐれ》が言う。

「グレン様」

「ん?」

「なにか、ありましたか?」

それにグレンは振り返り、少しだけ心配そうな顔の時雨を見つめてにやりと笑って、こう答えた。

「別に。いつもどおりだ」

第四章　再会する二人

学校での生活は、あっという間に過ぎていった。
基本的には、馬鹿にされるだけの毎日。
それは術式の試験で。
組み手の訓練で。
すべての教科で、グレンは柊《ひいらぎ》の呪術を得意とする生徒たちに、負け続けていた。

学校の校庭。
そこで行われている、全校演習で、
「ぐぁ」
グレンは思いっきり殴られて、倒れてしまう。
殴ったのは、五士典人《ごしのりと》という名の、男。
金色にブリーチされた髪に、軽薄《けいはく》そうな垂れ目。
同じクラスの、五士家からきた、やはりエリートだ。
五士はこちらを見つめて、にやにや笑う。

「ったく、こんな弱《よえ》ぇの相手じゃ、訓練になんねぇよ」

するとと五士《ごし》の取り巻きの生徒たちが一斉に笑う。

「むしろ殴った手が汚れて、困りますよねぇ」

「先生に言ったほうがいいんじゃないですか？　こんな奴と一緒のクラスでいたら、全員の士気が落ちて困るんですがって」

五士がうなずいて、言う。

「ああ、そりゃいいな。弱い奴が、エリートばっかりのこのクラスに紛れてんのがそもそもおかしいしな」

そしてそれを、グレンは上半身だけを起こして、見る。殴られて切れた唇の端を、指で拭《ぬぐ》う。

すると背後に立っていた女に言われる。

「ちょっと、あんなこと言われて悔しくないのですか？」

振り返るとそこには、赤髪の女が立っていた。十条《じゅうじょう》美十《みと》だ。彼女はなぜか妙にイライラした様子でこちらをにらみつけ、

「第一あなた、まじめに戦ってないでしょう？　相手が強くて勝てないからって、初めからやる気がないのは、どうかと思いますよ」

という言葉にグレンは笑って、言う。

「だが、相手はあの、五十家の長男だぞ？　俺《おれ》なんかが勝てるはず……」

が、なぜかその言葉に急に美十の目がつり上がる。

「十条家のことを知らなかったのに、二流の五十家を知ってるだなんて、いったいどういうことですか⁉」

なにやら別の部分の逆鱗《げきりん》に触《ふ》れたらしい。

するとそれが聞こえたのか、五十が言ってくる。

「あ？　誰が二流だって？」

「え？」

「てめぇ十条、調子のんなよ？　おまえら十条家が偉そうにしてられるのも、いまだけだ。俺が五十の当主にあがったら、真っ先におまえらを潰してやる」

するとそれに、美十が馬鹿にするように笑って、一歩前に出る。そして小さな胸を反《そ》らし、

「あらぁ、二流って図星を指されて、怒っちゃいましたか、五十さん」

「はぁ？　おまえ殺すぞ？　俺は女だからって手加減はしねぇからな」

「やってみなさい。十条家と五十家——その格がどれほど違うかを、見せてあげましょう」

「殺ぉおおおおおおす！」

「やってみなさい！」

そして二人は、ぶつかり合う。

二人の動きは、かなり速い。術の展開速度も相当なものだ。他の生徒たちも二人の戦闘に圧倒されてしまっていて、エリートを名乗るだけはある。

教師は、止めない。

それどころか二人の戦い方を見て、勉強するように、などと言って。

そしてそれを、

「………」

グレンはぼんやりと見つめながら、立ち上がる。疲れたようにため息をつく。

するとやはり後ろで、腕組みするようにして組み手を見ていた、柊《ひいらぎ》深夜《しんや》が、声をかけてくる。

「やぁ～、殴られる演技、ご苦労さん」

グレンは深夜のほうを見て、それから、

「………」

なにも答えずに、美十《みと》と五士《ごし》の戦いのほうへと目を向ける。

二人の、柊の呪術を極めた者同士の戦闘で、学べることがないかを、探る。

だがそれに、深夜が横に並んできて言う。

「君レベルだと、あの程度じゃ見ても学べること、ないでしょ」

「………」

「この十日ずっと君のこと見てるけど、殴られ方もうまいよねぇ。ダメージ受けないように、なのに派手に吹っ飛ぶように……」

が、遮《さえぎ》ってグレンは言う。

「ストーカーかてめぇは。俺《おれ》のこと見んじゃねぇよ」

「あはは」

深夜は楽しそうに、笑う。

「いやでも、未来の柊潰しの仲間が、どれくらいの実力持ってるか、気になるじゃない」

「俺はおまえの仲間にはならない」

「まあまあ、ちょっとさ、僕と組み手してみない？　そろそろ実力見せてよ」

と、深夜が腕組みを解く。こちらに拳《こぶし》を向ける。

瞬間、周囲の生徒たちがこちらに注目するのが、わかる。戦っていたはずの美十と五士ですら、動きを止める。

深夜はそれほどにこの学校では注目されていて、さらに、実力もクラスの中では、群を抜いていた。

この学校で初めて行われた組み手の演習で、深夜はあの五十を、片手でいなしてしまったのだから。

その深夜《しんや》がこちらに拳《こぶし》を向けて、言う。

「ちなみに全開でいくから。いくら君が強くても、僕相手に手加減は、無理だと思うなぁ。どれだけうまく殴られてもきっと、骨折くらいはするんじゃない？」

グレンはその、深夜の拳を見つめる。それから視線を上げて深夜の顔を見て、にやりと笑って言った。

「あの、深夜様。わたくし、柊《ひいらぎ》様のお相手を出来るような実力は、持ち合わせておりませ……」

「うるさい、いいから相手しろよ」

深夜が、動く。拳に呪詛《じゅそ》がうずまく。あきらかに、鬼神を呼び出し自分に宿す、神懸《かみが》かり法のなにかをかけている。それは夜叉明王呪《やしゃみょうおうじゅ》か、それともまた、別のなにかか。

とにかく本当に、本気で殴ってくるつもりだった。それも殺すつもりだ。

きちんと反応、対応しなければ、死ぬ可能性まである。

そしてその、拳を、

「ああ、くそ……しょうがねぇな」

とグレンは言って、

「ぐあっ」

あっさり胸で、喰《く》らった。肋骨《ろっこつ》が折れる音がした。体が宙空に舞う。落ちる。地面に落ちるまでに、少し時間がかかったので、本当に相当高く宙を舞ったのだろう。

意識が朦朧《もうろう》とする。それほど深夜《しんや》の呪詛《じゅそ》加速された力は、強かった。

深夜が、

「うっそ〜。おまえ、どんだけ強情《ごうじょう》なの？　それとももしかして、本当に弱いのか？」

と、驚いたような顔でこちらを見下ろす。

続いてなぜか美十《みと》がこちらに駆け寄ってきていて、

「せ、先生！　い、一瀬《いちのせ》君が、口から血を吐いてます⁉」

などと叫ぶ。

しかし教師は動かない。やはりにやにや笑ったまま、こちらを見下ろしていて。

さらに、さすが柊家《ひいらぎけ》の方、実力が違うな、だの、なんだのという声がする。

それに美十が少しだけ嫌悪《けんお》の表情になり、

「ちょ、あんたたちいったい、どういうつもりなの……？」

なんて言う。

続いてさっきグレンを殴ってにやにや笑っていたはずの五士《ごし》も近づいてきて、

「おい、この血の出方、まじでやべぇんじゃねぇか？」

なんてことを言い出す。

だが、そんなはずはなかった。折れても内臓が傷つかない場所を、傷つかないような角度で、殴らせたはずなのだが――それにしては本当に、意識が朦朧としてくる。

もしかしたら、少し、ほんの少しだけ、失敗したかもしれない。

それに五十が言う。

「おいおいおい、ちょ、こいつ医務室に連れて……」

が、そこで意識が途切《とぎ》れ、声が、聞こえなくなった。

◆

グレンが再び目を覚ました場所は、病室のようなところだった。

白い天井。

白い壁。

その部屋の中にあるベッドで、彼は体を起こす。

上半身は裸で、幾重《いくえ》にも包帯を巻かれていた。胸がズキズキと痛む。だが、おそらくは致命傷ではない。なら、なぜ意識を失ったのか？

「………」

グレンは包帯をめくって、中を見る。皮膚《ひふ》の色が、胸半分ぐらいの大きさで青くなっている。どうやら中の太い血管が切れたようだった。それで血が足りなくなって、意識を失ったのだ。皮膚に切開した跡がある。おそらくは、血管を繋《つな》いだのだろう。

「……ふむ」

と、グレンは独り納得して、うなずく。

するとそれに、

「ふむ、じゃないわよ」

医務室の外から、声がする。

女の声。

聞いたことのある、女の声だ。

グレンはそちらを見る。すると開いたままになっていた扉の外に、一人の女が立っていた。

綺麗《きれい》な灰色の髪に、黒目がちな瞳《ひとみ》。

真昼《まひる》だった。

柊《ひいらぎ》真昼。

彼女は困ったような顔で、こちらを見つめている。久しぶりに会った幼なじみに、どう声をかけたらいいのかわからない——そんな顔でこちらを見つめ、そして、

「……包帯を、勝手に取っちゃ、だめじゃない」

なんてことを、言う。

そしてそれに、グレンはどういう態度で彼女に接するかを考え、それから、

「これは……柊真昼様……お久しぶりです」

と、頭を下げた。

すると彼女の瞳の奥が、少し波打ったように、見えた。

そして、言う。

「ああ、そういうふうに、なるんだ」

「そういうふうに、とは？」

「昔みたいに、接してはくれないのね」

それにグレンは、応える。

「状況が違います」

「……………」

「もう、私も物を知らない子供では……」

が、遮《さえぎ》って真昼は言う。

「もういいです。黙りなさい」

そう命じられて、グレンは黙った。彼女の声は、ほんの少し怒ったような色を帯びていた。

真昼《まひる》は部屋に入ってくる。

それにグレンは言う。

「私のような者の近くにこられては、真昼様のお父上がお怒りになります」

すると真昼は微笑《ほほえ》む。それは昔とは違う、無邪気なだけじゃなく、どこかはかなげな、憂《うれ》いを帯びた美しい微笑で。

「私も、昔とは違います。自分のことは、自分で決められる。支配下の家の者たちの心配をするのは、主家である柊《ひいらぎ》の者の務めです」

そう、言った。

ちなみに一瀬家《いちのせけ》は、分家として別の宗派を作っているので、厳密に言えば柊家の支配下ではないはずなのだが、しかし、おそらく真昼は、それをわかっていてなお、そういう言葉を選んだのだろう。

グレンはその、真昼の顔を見上げる。やはり少し、怒っているように、見える。

だが、彼はなにも言わない。

いや、なにかをいま、彼女に言えるだけの力を、自分は持っていない。

なにせ、あのころとなにも状況は変わっていないのだから。

柊と一瀬の関係は、情勢は、なにも変わっていないのだから。

それにふと、十日前の出来事を思い出す。

《百夜教《ひゃくやきょう》》からきた使者の言葉を思い出す。

——柊を潰すための力が、欲しくないか？

そんなことを思い出して、だが、それでもグレンは、なにも言わない。

するとそれに真昼が言った。

「……本当に、久しぶりなのに、なにも言ってくれないの？」

グレンは応える。

「言える言葉を、持っていませんので」

「…………」

真昼はまた、黙ってしまう。

医務室に気まずい沈黙が流れて、そのおかげで部屋に、時計があることに気づく。

コツコツコツと、秒針の音が、妙に大きく響《ひび》いているような気がして、それから沈黙に耐えきれなくなったように、真昼が言った。

「傷の具合は？」

グレンは答える。

「問題ありません」

「あなたの評価は……ひどく低いと聞いていますが、本当ですか?」

「そう報告があがっているのであれば、それが事実でしょう」

真昼《まひる》が、こちらを見つめてくる。

しかし、彼女がなにを言いたいのかは、いまいちわからなかった。自分に彼女が、なにを求めているのかが、わからない。

いや、わかったところで、どうしようもないことだった。

離《はな》れていたこの十年で、自分の実力がどうなろうとまだ、柊家《ひいらぎけ》と一瀬家《いちのせけ》の間柄は、変わらない。そしてそれが変わらなければ、自分と彼女の間柄で変わることも、なに一つないはずだった。

そしてそれは、彼女にもわかっているはずのことなのだが。

グレンは顔を上げて、

「真昼様は、この十年で強く、お美しくなられましたね」

と、言った。

するとそれに、一瞬真昼は驚いたような顔になり、それから少しだけ嬉《うれ》しそうに笑った。

「そして乱暴者だったあなたは、お世辞を言うことを、覚えた?」

「世辞など……」

「でも、あなたに綺麗《きれい》と言ってもらえるのは、嬉しいかな」

など と、言う。

少しだけ恥ずかしそうに、彼女は唇を噛《か》む。グレンはその、彼女の顔を見上げ、しかし、表情は変えない。

「それで、私になんのご用でしょうか?」

そう、聞く。

するとまた、彼女の表情は悲しげになる。

「……いえ、怪我《けが》をしたと、聞いたので」

「ご心配おかけしました。もう問題ありません」

「……そうですか」

「他になにか、ご用は?」

「…………」

それに、真昼は首を振った。そしてやはり、寂しげに言う。

「ありません」

「そうですか」

「ええ。では、邪魔しました」

と、真昼はこちらを見つめ、それから踵《きびす》を返す。こちらに背中を向ける。

その、彼女の背中に、グレンは声をかけた。

「ああ、言い忘れました。ご婚約のこと、深夜《しんや》様に聞きました。おめでとうございます」

それに、彼女の背中がびくっと震《ふる》えたのが、わかった。彼女は足を止め、それから、

「……ありがとう」

振り返らないまま、そう言った。

そして真昼《まひる》は医務室を出ていった。

グレンはその、彼女がいなくなった扉のほうを見つめる。

真《ま》っ直《す》ぐ見つめる。

つまらなそうな顔で、誰もいない、白い壁をじっと見つめて、

「……くそ。俺《おれ》は、嫌な奴だな」

うめくように、そう言った。

第五章　戦争とスーパー

「さーてさて、明日からついに、選抜術式試験週間が始まります！」

女教師が黒板をたたいて言っている。

選抜術式試験というのはつまり、あれだ。生徒同士を直接戦わせて、優劣を決める試験のことらしい。

もちろんその結果だけですべての成績が決まるわけではないのだが、しかし、評価のかなりのウエイトをこの試験が占める、とのことで、クラスの奴らは色めき立っている。

すると隣の席の深夜が言ってくる。

「いいよねぇ……本気で戦わなくても退学にならない奴は、気楽でさぁ」

それにグレンは、深夜のほうを見て言う。

「俺を一発殴るだけで殺しかけるような奴が、焦りでも感じるってのか？」

「はは、君がよけないからだよ。というか、君、ほんとに僕の攻撃、よけられなかったの？」

深夜はこちらを見つめて、言ってくる。

「あれを受けるのは、相当な馬鹿か、もしくは……」

「実力がない、クズか？　言っとくが、俺《おれ》は後者だぞ。おまえは俺の力を買いかぶりすぎてる」

「って自分で言う奴は、怖い、ってのが僕のいままでの経験なんだけどなぁ」

「警戒しすぎだ。そうそうおまえとやりあえるようなバケモノがいると思うか？　おまえは柊《ひいらぎ》家《け》に——真昼《まひる》の相手に選ばれるような奴なんだろう？」

「…………」

「だが、少なくとも俺は、選ばれなかった。それ一つとっても、おまえが気にかけるようななにかは、俺にはない。違うか？」

と、グレンは言った。

そしてそれに深夜《しんや》は笑い、

「君って、もしそれが演技じゃなけりゃ、すっごいネガティブだよね」

「生まれつきだ」

「はは、そんな君の、どこを真昼は好きになったんだろうねぇ？」

不思議そうに、深夜が言う。

それにグレンは深夜を見て、それから再び、教師のほうへと、目を向ける。

教師は相変わらず選抜術式試験についての説明をしている。このクラスからは一人も脱落者を出さないだの、脱落者が出た人数によって教師の評定が変わるから、頑張れだのといった話をしている。

　とそこで、深夜が言った。

「あ、ところで、真昼に会ったんだって？」

「………」

「で、どうだった？　彼女と仲よく出来た？」

　その問いに、グレンは深夜を見ないまま、答えた。

「別に」

「ああ、別に僕に気を遣《つか》う必要はないよ。僕は彼女の許嫁《いいなずけ》だけれど、恋人なわけじゃないから」

「………」

「ちなみに教えると、彼女は君に会ったあと、珍しく少し、機嫌が悪かったな。なにかあったの？」

　どうやらあのあと、真昼は深夜と会ったらしい。

　その言葉に、グレンは少しだけ笑って、答えた。

「……あいつは俺が弱いことに、がっかりしたんだよ」

　すると深夜はこちらをあきれたような顔で見る。

「やっぱ君、すごいネガティブだよね」

「そうか？　嫌ならもう話しかけなくていいぞ？」

「はは」

深夜《しんや》はあきれたように笑う。

それをグレンは無視する。

女教師がまた黒板をたたき、

「絶対に、他のクラスの奴らに負けないように！　以上！」

そこで、ホームルームの終わりを知らせるチャイムが鳴った。

と同時に生徒たちは一斉に立ち上がる。帰る者。仲間と話す者。教室の掃除をする者。

この学校には部活はない。そんなことをやっている暇があるなら、全員が呪術に関する勉強か、修練を行うからだ。

ホームルームが終わったので、グレンも机の横にかけてあった鞄《かばん》をつかみ、立ち上がる。

するとと横から深夜が、

「あ、一緒に帰る？」

と誘ってくるので、

「死ね」

丁重《ていちょう》にお断りする。

それから教室の出入り口のほうを見る。するともう、従者の二人がそこで、こそこそ隠れるようにこちらを見ているのが、わかる。

小百合《さゆり》がこちらを見つけ、

「あ、あ、グレン様！」

と手を振ってくる。

時雨《しぐれ》がその横で、

「ちょっと、目立ったら殺すって言われてるのに、また怒られますよ」

一生懸命小百合のことを制している。それからこちらを見て、グレンに頭を下げる。

ちなみに、結局二人ともすごく目立ってしまっていて、

「あとで説教だな……」

と、グレンは呟《つぶや》く。

するとそれに、教室にいた十条《じゅうじょう》美十《みと》がこちらをにらみつけ、

「まったく、女を二人も従者としてつれてくるだなんて、一瀬《いちのせ》家《け》の人間はずいぶんと臆病なんですねぇ」

それに生徒たちが笑う。

続いて五士《ごし》典人《のりと》が言う。

「ほんとほんと。それもあんな美人ばっかり。とりあえず、ちょっと俺《おれ》に紹介しろよ」

と、近づいてきてしまって。

これには生徒たちが、笑っていいのか悪いのか、わからない顔になる。

とにかくこのクラスでは、柊《ひいらぎ》深夜《しんや》と、十条《じゅうじょう》美十《みと》、五士《ごし》典人《のりと》は、実力、家柄ともに、上位トップ4に入るのだ。

トップ4というからには、もう一人、三宮《さんぐう》葵《あおい》という、三宮家の女がいるが、彼女は物静かで、いつも授業が終わるとすぐに帰ってしまう。

それはさておき、その名家の出である実力ある三人が、妙にグレンに馴れ馴《な》れしく接してきてしまうために、他の生徒たちがいまいちどういう態度をとっていいか、わからなくなってしまっていた。

もちろん、他のクラスの生徒や、上級生たち、教師たちの態度は最初のころと変わらないので、嫌がらせの数は減らないが。

五士が、相変わらず軽薄《けいはく》そうな顔で近づいてきて、

「なな、一瀬《いちのせ》。おまえあの二人のうちのどっちかと、付き合ってたりすんの？」

などと聞いてきて、グレンは五士を見る。

「なんだ。おまえらは、汚《けが》らわしい一瀬の人間とは付き合わないんじゃなかったのか？」

「美人は別だよ」

「どういう論理だ」

「いいから言えって。あいつら、あれだろ？　おまえの直属の従者だろ？　ってことはあれか？　夜伽《よとぎ》もやってんのか？」

瞬間、美十が顔を真っ赤にして、怒鳴る。

「ちょっと五士の低俗男！　教室で卑猥《ひわい》な話はやめていただけますか!?」

続いて教室の外にいた小百合《さゆり》も、

「そ、そうですよ！　変な言いがかりはやめてくださいませんか！　グレン様はまだ、わたくしには手を出してくださらないんですよ！」

怒った顔で、そんなことを怒鳴る。

そしてそれに、

「…………」

クラスが一瞬で、静まり返ってしまう。

続いて五士が驚いたような顔になり。

美十がとんでもない野獣を見るかのような目でこちらをにらみつけ。

そして深夜が楽しそうに笑ってから、言った。

「なぁグレン。いまの話、真昼《まひる》にしていい？」

それにグレンはもう、うんざりしきった顔でため息をついて、歩き出す。

「はぁ……俺《おれ》はもう、帰る」

それに背後から五士《ごし》が、

「おい一瀬《いちのせ》。おまえ一瀬の分際《ぶんざい》でずりぃぞ。俺《おれ》も女遊びの仲間に入れろ」

などと言ってくるが、無視する。

教室を出る。

時雨《しぐれ》がこちらを見上げ、

「あの、小百合《さゆり》には私から説教を……」

「あたりまえだ」

と、グレンは言う。

それに小百合は、

「え？　え？」

とわからないという顔で周囲を見回しているが、無視して彼は帰ろうとする。

だがグレンは、教室から廊下に出たところで、自分がそう簡単には帰れない、ということに気づいてしまう。

廊下の向こう側から、強い殺気が自分に向けて放たれているのがわかったから。

「………」

しかし、その殺気にグレンは、気づかないフリをする。あくまで自分は、弱い、力のない、間抜けである演技を続ける。

　もちろん従者たちは気づく。小百合も、時雨も、グレンを守るために修練を積んできた実力者なのだ。

　だからその殺気に反応しそうになる。

　だがそれに、グレンは小さく、

「動くな。俺が対応する」

　と、命じる。

「え？　でも」

　と、右横にいた時雨が驚いた声を上げ、こちらを見上げる。

　だがもう、そのときには、何者かの足がグレンの右側頭部にぶつかっている。

「ぐっ」

　彼はうめいて、無様《ぶざま》に床に倒れる。転がる。頭を押さえながら、顔を上げる。そして自分が蹴られたほうを見る。

　するとそこには、何人かの取り巻きをつれた一人の男がいた。

　茶色い髪に、蛇のように細い目。唇にピアスをしている。男はこちらを馬鹿にしきった顔で見下ろして、言う。

「あ、ごめんごめん。足がすべった」

　瞬間、取り巻きの生徒たちが笑った。

それに時雨《しぐれ》が、

「貴様っ！」

と怒って、前に出る。拳《こぶし》を振り上げ、ピアス男に放つ。

それをグレンは制止しようとするが、その前にピアス男の後ろに控えていた、女生徒が
その、時雨の拳をつかむ。

時雨が、それに少し驚く。当然だ。時雨のいまの動きは、かなり速かったのだから。

なのにその女生徒は、それを止めてしまったのだ。さらにその女生徒が言う。

「ちょっと、あなたいったい、なにをしようとしてるのか、わかっているのですか？　こ
こにいるお方は、柊征志郎《ひいらぎせいしろう》様ですよ？」

どうやらこの、ピアス男は、柊の名を持つ男のようだった。

この学校では、神といってもいいほどに高貴な家柄の人間。

女生徒は、続ける。

「その、征志郎様に手を出そうとするなんて、万死《ばんし》に……」

が、それを征志郎が遮《さえぎ》る。

「いいよ、弓《ゆみ》。どうせ一瀬《いちのせ》の馬鹿どもには、人語は通じねぇだろ。こういう家畜は、殴
って調教するもんだ」

と、手を上げる。

時雨はそれに反応する。征志郎の手を払おうとし、しかし、

「はは、遅《おせ》ぇよチビ女」

征志郎の拳のほうが、速い。

というよりも、時雨よりもこいつの動きは圧倒的に速い。

「くそっ」

と、グレンは立ち上がり、その征志郎の拳を止めようとするが、しかしそこで、動きを止める。

なぜなら征志郎の腕を、横から誰かがつかんだから。

そちらを見ると、つかんだのは教室から出てきた、深夜《しんや》だった。

そのまま深夜が言う。

「征志郎様……あなたほどのお方が、こんなところで弱い、一瀬の女を殴ったなんて噂《うわさ》が立っては、家名に傷がつきます」

すると、征志郎は深夜をにらみ、

「ああ？　てめぇ、養子の分際《ぶんざい》で誰に意見してんだよ」

「……申し訳ありません。しかし」

「しかしじゃねぇよ」

征志郎が拳を引く。そのままもう一度振る。拳は深夜の顔に当たる。

深夜《しんや》は、よけなかった。鈍《にぶ》い音がして、深夜の唇に血がにじむ。

それに征志郎《せいしろう》は笑う。

「はは、いい判断だ。おまえじゃ俺《おれ》には勝てないからな」

「………………」

「その判断が出来るから、おまえは親父に真昼《まひる》の相手として選ばれた。それをちゃんとわきまえとけよ」

「……はい」

「あと、同じクラスなら、聞かせろ。この一瀬《いちのせ》からきたネズミは、強いのか？　俺は選抜術式試験の二戦目であたるんだが……」

つまりは、そういうことらしい。

だから征志郎は、ここにきたのだ。試験の前に、グレンが強いかどうかを探りに。

そしてそれに、深夜が答える。

「……初めは、私も彼には力があるんじゃないかと……なにせ次期一瀬家の当主候補ならば、ある程度の実力は持っているのではないかと疑ったのですが」

「ふむ」

そこで、深夜がこちらを見下ろした。ひどく、冷たい瞳《ひとみ》で、

「とんだ買いかぶりでした。従者の女が殴られそうになっても……仲間が傷つけられそう

になっても、動くことの出来ないようなクズ。しょせん、堕《お》ちた二流の家柄の人間です」

なんてことを、言われてしまう。

征志郎《せいしろう》が笑った。

「はは、なんだ。結局そうか。一瀬《いちのせ》の人間はいっつもクズばかりだな。こいつの親父がこの学校に通ってたときも、廊下の隅をビクビクしながら歩いてたって聞いたが……おまえも同じじゃか」

それに、また征志郎の取り巻きたちが笑う。

さらにクラスの奴らも、廊下に出てきて、グレンを笑っている。深夜《しんや》の態度が変わったせいか、やっとグレンに対して、どういう扱いをすればいいかがわかったようだった。

征志郎が踵《きびす》を返す。

「ああ、もういいや。つまんねぇ。弱《よえ》ぇならちょっかい出す気も失《う》せたよ。いこうぜ」

やはり生徒たちは笑っている。

一瀬家の弱さや、無能さを言い立てて、笑っている。

やはり廊下に出てきていた五士《ごし》が、憐《あわ》れむような目でこちらを見下ろして、

「あーらら、ほんとのクズになっちゃったな。やっぱ女守れない奴は、だめだろ」

などと言う。

さらに十条《じゅうじょう》美十《みと》が、

「……まるで抵抗しないで、あんなことを言われて、あなたは悔しくないんですか？」

怒ったような顔で言ってくる。

しかしそれに、グレンは困ったように答える。

「……家から、柊家《ひいらぎけ》の方々には逆らうなと……」

「なら、死ねと言われたら死ぬんですか！」

なぜか怒鳴られてしまう。そしてそのまま、もう、怒りがおさまらないという様子で、美十は去っていってしまう。

グレンはそれをぼんやり見送り、立ち上がる。

そのころには周りにいた生徒たちも、騒動が終わったことに興味を失ったのか、立ち去り始める。

一人だけ。

深夜だけがこちらを見つめていて、言う。

「なんか、ほんとつまんねぇ奴だな、おまえ」

「…………」

「もうちょい、期待してたんだが」

「……勝手に期待するな」

「ああ、そうだよな。力のない、ほんとのクズに期待した僕が悪かった」

「………」

「もういいや。おまえ、二度と僕に話しかけるんじゃ……」

が、遮《さえぎ》ってグレンは言った。

「話しかけてきてたのは、おまえだ」

すると深夜《しんや》はこちらを、冷たい瞳《ひとみ》で見つめて、言う。

「ああ、そうだな。じゃあ、僕だけじゃなく、真昼《まひる》にも近づくな」

「………」

「おまえにその資格はねぇよ。だいたい、そんななんの覚悟も、力もない奴が、この学校にくるべきじゃなかった。真昼がいるこの学校に……なんにも頑張ってこれなかった奴が、くるべきじゃなかった」

などと、言われてしまう。

なにも頑張れなかった奴が、真昼の前に立つべきじゃなかった、と。

それは、グレンもそう思う。

力がない奴は顔を上げるべきじゃない。この世界では、欲しいものを手に入れるには力がいるのだ。

なにも気にせず笑うためには、力がいるのだ。

そしてその力はまだ、ない。

自分にはない。

柊《ひいらぎ》家《け》を潰すほどの力は、とてもじゃないが持っていない。

だからグレンは、言った。

「じゃあ、どうすりゃよかった？　俺《おれ》もきたくなかった。ここに居場所がないのは、知ってる。なのにおまえら柊家に呼ばれたんだ。そしてそれに従った。だがそれもだめだというのなら、どうしたらおまえらは喜ぶ？　俺はどうしたらよかった？」

あえて、愚痴《ぐち》のような言葉を吐いた。

自分の無能さを言ってみせた。

すると深夜は、心底うんざりしたような顔でこちらをにらむ。

「………」

しかし、もうそれだけだった。

なにも言わないまま、こちらに背中を向けた。

それで廊下には、グレンと、時雨《しぐれ》と、小百合《さゆり》だけが残された。

もう、誰もグレンたちのことを気にとめない。ただの、クズに戻ったのだ。深夜や、美《み》十《と》、五士《ごし》たちとの交流もない、汚《けが》らわしい一瀬《いちのせ》のネズミに戻ったのだ。

とそこで、時雨が言う。

「わ、私が弱いばっかりに……申し訳ありませんでした」

続いて小百合《さゆり》が悔しそうに、

「で、でも、ほんとに、こんな我慢をする必要があるんですか？　グレン様は本当は……」

が、グレンは小さく、

「小百合」

彼女の名前を呼んで、止める。

するとｓ小百合はなにかを我慢するように顔をしかめて、しかし我慢しきれずに、目から涙をこぼれさせてしまって。

「…………」

それをグレンは、見つめる。

主《あるじ》があまりに馬鹿にされすぎるので、部下が泣いてしまうという、この状況に、

「……すまない」

としか、言いようがない。

すると小百合が慌ててぶんぶん首を振って、

「あ、あ、ち、違います……これは、目にゴミが……」

が、横から時雨《しぐれ》があきれ顔で、

「いまどきそんな言い訳通用するわけないでしょう」

「ううう、でも」

「はいはい、わかってるから。大切な主を愚弄《ぐろう》され続けて、私も同じ気持ちだから」

「ゆ、雪《ゆき》ちゃん……」

「でも、我慢なさい。私たちよりも辛いはずの主が泣いてないのに、従者が先に泣くなんて、ありえないでしょう？」

「うううう、でも……」

「実家に報告しますよ？」

「あうう」

「ほら、泣くのやめる。私たちはグレン様を守り、慰《なぐさ》めるために存在しているんですから」

と、時雨が言った瞬間、泣きながら小百合がなぜか顔をぱっと明るくして、

「あ、そうか！　つまり今日こそ夜伽《よとぎ》を……」

「違うわ！」

グレンは小百合の頭をぽんっとはたいた。

「あ痛っ」

と頭を押さえる小百合にグレンは笑い、

「だがまあ、おまえらのノーテンキさで十分慰められた。さ、帰るぞ」

と、小百合《さゆり》の背中を押し、歩き出す。

『はい！』

二人の従者が応える。

だがもう、グレンは頭の中で、別の思考を展開している。

それはさっき会った、男のことだ。

柊征志郎《ひいらぎせいしろう》。

おそらくは真昼《まひる》と血の繋《つな》がった兄弟であるはずの、柊家の人間。

真昼に双子の兄弟がいる、という話は聞いたことがないから、同学年にいるということは、おそらくは腹違いの兄弟だろう。

その、征志郎のことを考える。

征志郎の動きを。

深夜《しんや》や、時雨《しぐれ》との攻防を、頭の中で再現する。

征志郎の動きは、鋭かった。あの一瞬の動きだけではどれくらいの実力かはわからないが、しかし、

「さすがは本家――柊家ってわけか」

そう、グレンは小さく呟《つぶや》く。

「さて、俺《おれ》の力がここで、どれほど通用するか」

選抜術式試験の二戦目の相手はその、柊征志郎なのだという。

そして試験は、明日から始まる。

◆◆◆

陽《ひ》が落ちていく。

街が赤く染まる。

学校からの帰り道。

人があまりいない、住宅街の中にある、小さなスーパーの前。

小百合と時雨が夕飯の買い物をしている間、スーパーの外の、ガードレールに腰をあずけ、腕組みをしてグレンは待っていた。

とそこで、

「斉藤《さいとう》さん！　斉藤さん！　ほんとにお菓子、なんでも買っていいの⁉」

嬉《うれ》しそうな、少年の声が聞こえる。

ふと、グレンはその声のほうへと目を向ける。するとそこにはやはり、一人の少年がいた。

金色の髪をした、色白の、綺麗《きれい》な顔の少年。おそらく、日本人ではないだろう。もしくは、異国の血が混じっているか。

その少年は本当に嬉《うれ》しそうに、笑顔で言う。

「孤児院のみんな、なに買っていったら喜ぶかなぁ？　ねえ斉藤《さいとう》さん、アイスって買っても院長先生、怒らないと思う？」

それに、横にいた斉藤と呼ばれた男が、答える。

「どうかなぁ。あの孤児院って、冷凍庫は……」

「あるに決まってるじゃん」

「じゃあ、大丈夫じゃないかな。院長先生にも、お菓子のことは許可取ってるし」

「やった！」

「ほら、じゃあお金渡すから、スーパーいっておいで。一人で買える？　ミカエラ君」

その問いに、ミカエラと呼ばれた少年が、

「あたりまえじゃん。僕、何歳だと思ってるの？　八歳だよ」

と、笑う。

それから斉藤が差し出した一万円札を見て、

百万円

「え、こんなに……」

などと、驚く。

それに斉藤《さいとう》は笑う。

「みんなの分だから」

「でも、一万円も、いいのかな」

「いいのいいの。ほら、いっておいで」

「うん！　でも、そんないっぱいお菓子買うなら、茜《あかね》ちゃんも連れてくればよかったなあ」

なんて言いながら、目をキラキラさせて、ミカエラとかいう少年はスーパーの中へと入っていく。

そしてそれを、

「………」

グレンは腕組みしたまま、見つめる。

それから、斉藤という名の、男へと目を移す。

斉藤は黒いスーツを着ている。

十日ほど前に、グレンに襲いかかってきた男と同じ、黒いスーツを着ている。

「………」

というかそいつは、あのエレベーターで殺し合いをした、《百夜教《ひゃくやきょう》》からきた刺客《しかく》だった。

グレンはその、刺客を見つめ、言った。

「斉藤？　おまえ、俺《おれ》には木島《きじま》って名乗らなかったか？」

すると刺客はにこにこ笑う。

「孤児院では、優しい斉藤さんってことで通ってるんです」

「ふぅん。じゃあ木島が本名か？」

「私に本名はありません」

「要するに暗殺者か」

「ええ」

「で、その暗殺者が、孤児院であしながおじさん気取りか？」

「はは、そうなりますねぇ。ほら、こんなに優しいあしながおじさんだとわかったら、あなたも私の話を聞く気に……」

「ないな」

と、遮《さえぎ》ると、刺客は笑って、

「でもま、ここでは斉藤とお呼びください。ミカ君に聞かれると混乱させてしまうので」

そう、言った。

それにグレンはもう一度、ミカエラという名前の少年が入ったスーパーへと目をやり、そして、

「で？　おまえらはあのガキ使って、なにしてる？」

「なにとは？」

「《百夜教《ひゃくやきょう》》が人体実験してんのは、有名なんだよ。いまさらとぼけるな」

「いやいや、それはとんだ勘違いですよ。《百夜教》はあくまでも、慈善事業として百夜孤児院の運営を……」

「じゃあおまえはどこ出身だ？」

と、グレンは斉藤《さいとう》に聞いた。

「おまえをそんな体にしたのは、誰だ？　どこでそうされた？　まさか両親健在で、愛情たっぷりに育てられました、なんて、言わないよなぁ？」

「…………」

それに斉藤は、笑みを消す。そしてどこか、真剣みのある顔になって、言った。

「……そうですね。確かに私は、百夜孤児院の出身ですが……しかし私は自ら実験台になることを望んで、この体になりました」

「はっ、洗脳か」

しかしやはりグレンを見つめたまま、斉藤は続ける。

「いえ、《百夜教》はこの国が正しい道に進めるよう、真剣に考えています。まだ、グレン様はご存じないかもしれませんが、日本はこのままいけば、終末のラッパに巻き込まれて、崩壊します」

なんてことを、言い出す。

だがそれに、グレンは笑って言う。

「はっ、出た。終末論か？　新手の宗教の奴らの、得意技だな。入信しなければ、終末の世で生き残れない、か？　そのやり口はうちでも使ってる。柊《ひいらぎ》家《け》だってそうだ。教義の中に似たような要素は入れてる。で？　それを使ってまさか、俺《おれ》を勧誘できるとでも思ってるのか？」

そう、聞く。

だが、斉藤の表情は崩れない。やはり真剣なまま、

「これは、そういう話じゃありません」

「じゃあなんだよ」

「事実を……このままいけば、ウィルスが蔓延《まんえん》します。いくつかの触《ふ》れてはいけない禁忌《きんき》の呪法が暴走し、この世界は人が住めない場所になる」

「で、それをおまえらは防ごうとしてると、言いたいのか？」

「ええ」

それにグレンは笑って、言う。

「だから《百夜教《ひゃくやきょう》》に入らない、罪深い人間はそのウィルスで死ぬから、急いで入信しろって？」

だがそれに、斉藤《さいとう》も笑って首を振る。

「いえ、ですからそんな、宗教的な話ではありませんよ。いまさらあなたに、そんな話をしようとは思わない」

「あ？　じゃあなんの話だよ」

その問いに、斉藤は答えた。

「これは戦争についての話です。ウィルスをまくのは、神でもなんでもなく、人間ですよ。それも、あなたのよく知っている、人間たち。柊《ひいらぎ》という名の、人間」

「なっ、それは……」

が、斉藤は無視して続けた。

「国家呪術組織の座を《百夜教》から奪おうと暴走した『帝《みかど》ノ鬼《おに》』は、触《ふ》れてはいけない、禁忌《きんき》の呪法を扱おうとしている。だから我々はそれを、必死に防ごうとしている」

「…………」

するとそこで、斉藤はにっこり笑って、

「ね？　私たち、利害が一致しているでしょう？」

なんて、言う。それから斉藤はこちらに手を差し出し、

「だから私たち、手を組みませんか？　世界が終わる前に、一緒に柊を潰しましょう」

などと言ってくる。

その斉藤の手を見る。

柊が、世界が滅ぶような、禁忌の呪法に手を出そうとしていて、それを防ごうと言っている。

そして柊を潰したあかつきには、

「……一瀬《いちのせ》の地位が、上がるって？」

すると斉藤はにやりとうなずき、

「当然、《百夜教》に協力した名門家として、いまの柊の地位に代わって、『帝ノ鬼』・『帝《みかど》ノ月《つき》』両方を管理してもらいます」

「ふぅん。で、そりゃなにか？　一瀬全体への——いや、『帝ノ月』全体への、協力の申し入れか？」

「もちろん」

「だがなぜ、そんな申し入れを俺《おれ》にする？　一瀬家の当主は——」

「あなたの、お父上ですか？　ですがあなたのお父上は、穏健派ですので」

それにグレンはまた、笑った。

「で、俺《おれ》は過激派だって？」

斉藤《さいとう》は、申し訳なさそうにうなずく。

「以前も申し上げましたが、過去を調べさせていただきました。あなたのも。お父上のも。そして、この話を前向きに検討してくれるであろう方を、選んだ」

「それが俺か」

「はい」

「俺ならあっさり、受け入れるだろう、って？」

が、斉藤は首を振る。

「いいえ。そうは思ってません。ですが、コトが始まる前に、一応は声をかけておこうと」

などと、言った。

コトが始まる、と。

つまり、

「一瀬家《いちのせけ》抜きでも、戦争を始めるつもりか？」

すると斉藤は肩をすくめる。

「先に始めたのは、柊家《ひいらぎけ》ですけれど」

「おまけに、俺にそこまで情報を開示するってことは、派手に抗争が始まるのは、そう遠い未来じゃないな」

斉藤はにっこり笑って、うなずく。

「猶予《ゆうよ》は十日です。十日後に、《百夜教《ひゃくやきょう》》と柊家の戦争は始まります」

「十日、ね。じゃあ、返答はそれまでに……」

「いえ、いまもらいます。今日、あなたが我らの側につかなければ、あなたも我らの敵として計画は進みます」

そう言って、斉藤はこちらを見つめてくる。

それをグレンはにらみ返して、

「そりゃあねぇだろ。まず、おまえらが言ってることの真偽もわからないまま、この話を受け入れるわけにはいかない。本当に柊家が禁忌《きんき》の呪法を暴走させようとしてるのか？　それを止める必要が本当にあるのか？　それどころか、おまえら《百夜教》が、柊家と組んで、一瀬家を試している可能性だって、消せない。その状況で、すぐに答えを返せだ？　そりゃ、無理ってもんだ」

そう、言ってみる。

だがそれに斉藤はうなずいて、言う。

「そうですか。では、交渉は決裂ですね」

「いや」

「なんです？　それとも私たちと、組みますか？　はっきり決めてください。我々としては、実はどちらでもいいんです。あなたがたが仲間になろうが、なるまいが……」

つまりは、そういうことだった。

もし戦争になったら、仲間は多いほうがいい。

だが、それでも、一瀬家《いちのせけ》程度の力はあってもなくても大勢《たいせい》に影響しないと、こいつらは思っている。

そしてそれは、事実だった。

なにせ《百夜教《ひゃくやきょう》》は、一瀬家が長年屈服し続けている、柊家《ひいらぎけ》よりも巨大な組織なのだ。ここで頭を下げてまで、一瀬の力が必要などとは言わないだろう。

あくまで、コトが起こる前に、声だけかけた。すぐに答えを返さないのなら、一緒に潰すぞ——だ。

だから、グレンは頭の中で、どうするのが最善かを、考える。一瀬家の未来が潰れない方法を。『帝ノ月《みかどのつき》』に所属している者たちの未来が、潰れない方法を。

いま、ここでの自分の返答一つで、なにもかもが変わる可能性が、あった。

なら、どうすればいいか？

どう動けばいいか？

それを、グレンは頭の中で展開してから、言った。

「せめて、一時間猶予《ゆうよ》を……」

「だめです」

斉藤《さいとう》は拒否する。

そしてそれに、グレンは目を細め、答えた。

「なら、答えはノーだ。まともな会話も出来ない相手と、組むことは出来ない。俺《おれ》はおまえらの下にはつかない」

「そうですか……それは残念です」

「いや、残念がるのは、もっとあとだ。あとでおまえらは、俺に時間を与えて、きちんと仲間にしなかったことを、痛みとともに後悔する」

「はは、おもしろい冗談ですねぇ」

と、斉藤は笑う。

するとそこで、スーパーの自動ドアが開く。

「斉藤さん！　ちょ、手伝って！　やっぱりこんないっぱいお菓子買ったら、重くって」

と、ミカエラという名前の金髪の少年が出てくる。

グレンはそちらを見る。

するとミカエラはその視線に気づいたようで、

「ねね、斉藤さん。あの目つきの悪いお兄ちゃん、誰？」

と、聞く。

すると斉藤《さいとう》はミカエラに笑いかけ、しかし、こちらを見ないまま、言った。

「さあ？　私は知りません。ミカエラ君の知り合いかと思ったんですが」

「僕知らないよ」

「そうですか。じゃあ、変質者ですかねぇ」

「うわ、怖っ」

なんて会話を、斉藤は少年と交わす。

そしてそれが、交渉の結論のようだった。

斉藤はグレンを知らないと言った。

つまりもう、仲間じゃない、ということだ。

そのまま斉藤と少年は、こちらに背を向けて歩き始める。孤児院に帰るのだろう。

それを無言のままグレンは見つめ、二人の姿が見えなくなったところで、

「さて、俺《おれ》の判断は、正しかったか、どうか」

あとで、確認してみる必要があるな、と思う。少なくとも一瀬家《いちのせけ》に連絡を取って斉藤の言葉の裏取りをする必要はあった。

十日後に《百夜教《ひゃくやきょう》》と柊家《ひいらぎけ》が戦争を始める——なんていうのも、グレンは知らなかったのだ。だが、もしもそれが本当なら、一瀬家はどう身を振るか、どこに身を置くか、ど

こまでその戦争に関与するかを、早急に決定する必要が――

「いや、それともその動きそのものが、《百夜教》の狙いか？　一瀬と柊の関係を悪くして、その間に漁夫の利を得る、とか」

とにかく、慎重に動く必要があった。

とそこで、

「グレン様！　お待たせしました～！」

両手に食品が入った袋を持って、小百合《さゆり》と時雨《しぐれ》もスーパーから出てくる。

グレンは腕組みを解いて、ガードレールから腰を上げる。それから従者たちが持つ袋へと目を向け、

「そんなに買い込んで、いったいなにをするつもりだ？」

それに小百合が楽しそうに言った。

「いやー、今日はすっごく嫌な思いをしたので、焼き肉カレー焼きそばパーティーにしようかと」

「どんだけ喰《く》うつもりだ」

すると横から時雨が、

「全部小百合の好きな食べ物ですしね。もちろん、グレン様が食べたいものを作ろうと思っています。ね、小百合」

「はい！　グレン様、なにがいいですか？」

「なんでもいい」

「って、いっつも言うから困るんですよねぇ～。なんにせよ、明日から選抜術式試験も始まりますし、しっかり食べて、体力をつけないと」

なんて言ってくるが、もう、さっきの《百夜教《ひゃくやきょう》》の話を聞いたあとでは、選抜術式試験など、どうでもよかった。なにせ十日後には、巨大呪術組織同士の戦争が始まりかねないのだから。

小百合《さゆり》がわくわくした顔で、

「さあ、さあさあ、なにがいいですか？」

ぐいぐい詰め寄ってきて、答えないと長くなりそうなので、グレンは仕方なく答える。

「じゃあ、カレーで」

「インド風？　ヨーロッパ風？」

「ソバ屋風」

「おまかせを！　よーし、今日は美味《おい》しいカレー作るぞー！　あ、ソバ屋風だったら、ネギ買ってこなきゃ！　ちょっと雪《ゆき》ちゃん、いってくるね！」

と、小百合は踵《きびす》を返し、スーパーに戻る。

それを時雨《しぐれ》は見つめ、それからやはり、冷たい瞳《ひとみ》でこちらを見上げて、言った。

「グレン様」

「ん？」

「ちなみに言っときますが、昨日もカレーだったたって、覚えてますか？」

「へ？　あ～、そうだっけ？」

「もしかして、なにか悩みごとがあります？」

などと、聞かれてしまう。さらに、

「もしも今日の学校での出来事を気にしておられるのなら、私でよければ相談に……」

が、グレンは首を振る。

「ああ、違う。そうじゃない。それに、おまえらにも数日中には相談に乗ってもらうから、気にせず待ってろ」

「数日中？　というのは……」

「その前に、俺《おれ》は家に連絡を取る。俺のケータイの盗聴は……」

それですぐに時雨は、いまがなにか切迫した状況であるというのがわかったようで、神妙な顔になる。

「もちろん、幾重《いくえ》にも盗聴を遮断《しゃだん》する機構を張り巡らせていますが……」

「だが、ここは柊《ひいらぎ》家《け》のテリトリーだよな？」

「はい」

「なら、絶対はないな」

「そう思います」

「よし。帰ったら、手紙を書く。伝達者を寄越《よこ》すように言え」

「わかりました。いま、すぐに動きましょうか？」

「そうしろ」

それに時雨《しぐれ》が、うなずく。走ろうとして、しかし、両手にスーパーの袋を持っているのに気づき、

「あ……」

などと言うので、

「俺《おれ》が持つ」

と、袋を奪う。

「ありがとうござい……」

「早くいけ」

「はい」

それで、時雨は走り出す。

と同時に、小百合《さゆり》がスーパーから出てくる。きょろきょろと周囲を見回して、言う。

「あれ、雪《ゆき》ちゃんは？」

「別の用事だ」

「あ、あ、グレン様が袋を持つ必要は……こちらにお渡しください」

「いい。帰るぞ」

「しかし」

「いいから」

と、グレンは、家のほうへと歩き出す。その後ろを小百合がついてきながら、言う。

「あ、あの、グレン様」

「ん？」

「あの、こうして二人っきりで歩いていたら、その、わたくしとグレン様は外からはどう見え……」

が、その言葉を遮《さえぎ》って、グレンはこう言った。

「余計な妄想《もうそう》は、自分一人でしてろ」

「あう……はーい」

◆

その夜、グレンは実家に手紙を書いた。

《百夜教《ひゃくやきょう》》からの接触のこと。

柊家《ひいらぎけ》の暴走と、世界が滅亡してしまう可能性のある、ウィルスについて。

《百夜教》と柊家の戦争が、十日後には始まってしまうということ。

そしてグレンが、《百夜教》からの申し入れを、断ったこと。

手紙は、その日のうちには家に届くはずだった。これほどの問題となれば、一瀬家《いちのせけ》のみならず、『帝ノ月《みかどつき》』の幹部たちが集まって、今後の対処について決めるだろう。

斉藤《さいとう》の発言の真偽についての情報集めも始まるはずだ。

そしてその時間はおそらく、三日ほど。その後、準備に一週間くらいはかかるはずだ。

だが、十日という斉藤の言葉が嘘《うそ》でなければ、もう、悠長にしていられる時間はほとんどなかった。

戦争が始まる可能性がある。

それも、ヘタをすれば日本が滅びかねないほどの戦争が――

その中で、自分たちはいったいどう立ち回るか。

「いや、そのどさくさに紛れて、どう一番になるかを、考えなくちゃな」

その夜、グレンはそんなことを独り、考え続けていた。

第六章　選抜術式試験

選抜術式試験は、朝八時から始まった。


場所は校庭――とは名ばかりの、軍事訓練も出来る広大な演習場。

そこに、全校生徒が集まっている。

選抜術式試験は、それこそ各学年の全生徒同士の勝ち抜き戦になるため、一週間もの期間をかけて行われることになっている。

ちなみにクラスメイト同士は、数回勝ち上がらないとぶつからないようになっているために、最初のうちはちょっとだけクラス同士の対抗意識のようなものまで存在している。

もちろん、最終的には個人の能力評価だけが残るのだが、しかし、

「あなたたち、絶対に自分のクラス以外の相手に負けるのは許しませんからね！」

と、朝から張り切っているのは、女教師の愛内彩愛《あいうちさいあ》だ。

「うちが一番のエリートクラスだってことを、今日からの一週間で証明するから、そのつもりで！」

などと言っている。

「…………」

そしてグレンはそれを、クラスメイトたちからは少し、離《はな》れた場所で見ている。

昨日の廊下での一件から、深夜《しんや》も、五士《ごし》も、美十《みと》も近づいてこなくなり、グレンは完全に孤立してしまっていた。

もちろん、彼にとってはそのほうがやりやすいのだが。

「…………」

彼は退屈そうに、他の生徒たちを見つめる。

もう、一試合目は始まっている。

うちのクラスの名前も知らない女子と、二組の男子の試合だ。

実力は拮抗《きっこう》しているようで、なかなか試合は終わらない。

ちなみに試合は、完全に実戦形式で行われる。

勝利の条件やルールは――

監督官が勝ちだと思ったほうを勝ちとする。

監督官が、能力が上だと思ったほうを、勝ちとする。

相手を殺してしまった場合は、逆に評定が下がる。

たった、これだけ。

このルールの中なら、どんな武器を使っても、どんな呪術を使っても、許される。おまけに相手を殺してしまったところで、退学にはならない。罪にも問われないし、警察が出てくることもない。

ここはそういう場所だった。

完全な治外法権。

柊家《ひいらぎけ》という神が支配する、日本の中にある、ある種別の国のような場所だった。

もちろん、人死にが出たりしないよう、試合には監督官役として、教師が五人も張り付いて審判をしているが。

と、そこで、

「勝者、一年九組・杉山《すぎやま》みどり」

グレンが所属している、九組の女子の名前が監督官に呼ばれる。

見ると、杉山みどりと呼ばれたクラスメイトらしき少女が、二組の男を地面に倒し、その首にナイフを突きつけている。

そしてそれに、

「よっしゃぁあああああああ!」

担任の、愛内彩愛《あいうちさいあ》がガッツポーズをする。生徒たちも賑《にぎ》わう。

「さあ、次も杉山さんに続きなさい！」

と、次の生徒が前に出る。

二組と九組は、今日はこのまま全生徒でぶつかりあうことになっていた。

そして二組といえば——と、試合場の向こう側にいる、二組の生徒の群れのほうへと目を向ける。

二組には、グレンの従者である、雪見時雨《ゆきみしぐれ》がいるはずだった。だが、向こうの生徒の中に、時雨の姿は見つけられず、それに彼は肩をすくめて、

「まあ、あいつはチビだからな……」

「誰がチビですか」

と、時雨の声が横からした。

グレンは声のほうを見下ろす。するとすぐ横に、時雨が立って、冷たい瞳《ひとみ》をこちらに上げてきている。

「なんでおまえがここにいる」

「グレン様にご挨拶しようと思いまして」

「なんの？」

「私のクラスが、グレン様のクラスとぶつかることになりました」

「見りゃわかる」

「はい。そうですね。ですがグレン様は、私がどのクラスにいるか、ご存じないかと思いまして……意外と私のことも、見てくださっていたのですね」

などと、どうでもいいことを言ってくる。

そのときにはもう、二戦目が始まっている。やはり名前も知らないクラスメイトが、必死の形相《ぎょうそう》で戦っている。

動きは遅い。

呪術の発動速度も、武器の扱いもつたなかった。

「あれで、ほんとにエリートなんですかねぇ」

などと時雨《しぐれ》が言ってくるので、グレンはそれに笑みを浮かべる。

「ずいぶんと余裕だな、時雨」

「この程度の相手……」

「敵じゃない？」

「はい」

「そりゃ、頼もしいな。で、おまえの相手は誰だ？」

と聞くと、それに横から声をかけられる。

「なにをこそこそ話してるんですか？」

赤い髪を持った少女が、鋭い目つきでこちらをにらみつけている。

十条《じゅうじょう》美十《みと》だった。

その、美十のほうを向き、グレンは答えた。

「こそこそしてるように見えるか？」

すると美十が、時雨を指差して、言った。

「見えますね。なにせ私の相手は、あなたの従者の方ですから」

それにグレンは美十を見つめ、それから横の時雨を見下ろして。

「そうなのか？」

と、聞く。

時雨はこくりとうなずく。

「はい」

「そうか。そりゃ、見物《みもの》だな」

「勝っていいのでしょうか？」

と聞かれ、しかしそれに美十が、

「勝てるわけが、ないでしょう？　こんなふぬけの主《あるじ》を持った従者が、十条家の私を相手に、なにが出来るというのです？」

それに時雨が、美十をにらむ。

そして、言う。

「あなた……これ以上私の主《あるじ》を愚弄《ぐろう》するなら……」

「あは、愚弄したら、どうなるの?」

「殺します」

と、本当に冷たい声音《こわね》で、時雨《しぐれ》は言った。普通の人間なら、その殺気だけで震《ふる》えて動けなくなってしまいそうなほどの圧力と冷たさが、その声にはこもっていた。

だが、美十《みと》はひるまない。

あっさり受け流し、

「じゃあ、楽しみにしてましょう。ではあとで」

美十は背を向けて、去っていく。

グレンはそれを見つめ、それから、

「なあ時雨」

「はい」

「おまえ、あいつに勝てるか?」

「当然ですっ!」

と、珍しく感情を露《あら》わにして、小柄な体をめいっぱい反《そ》らして言う。

やる気満々のようだった。

そして、彼女の能力はあまり呪法に頼るものではなく、暗器《あんき》や、ナイフを遣《つか》ったときに発揮されるので、一瀬《いちのせ》の呪法を敵に見られることもないはずだった。

だから、真剣に戦うことは出来るだろう。

しかしそれを考慮《こうりょ》しても、

「あの、十条家《じゅうじょうけ》の美十ってのも、それなりに強そうだけどなぁ」

「どっちの味方ですか」

「ん？　まぁ、俺《おれ》はどうでもいいんだが」

「応援してくれないんですか？」

それにグレンは笑って、

「俺が応援しなきゃ、おまえは負けるのか？」

すると時雨が、不満そうにこちらを見上げ、言う。

「いいえ。ちょっと寂しいだけです」

「はは。ま、くだらない話はいい。とにかく気をつけることは……」

言い終わる前に、時雨はうなずいてみせた。

「もちろん、一瀬の呪法は、遣いません。敵に、手の内を明かす必要はありませんから。使うとしても、柊《ひいらぎ》と共有の呪術のみにします」

「ん。わかってるなら、いい。じゃあ好きに暴れてこい。ここのところ鬱憤《うっぷん》が溜《た》まってたろうしな」

と、グレンが言ったところで、監督官から時雨《しぐれ》の名前が呼ばれた。

「一年二組・雪見《ゆきみ》時雨。前へ」

それに時雨が前へ出る。それから途中で一度足を止め、振り返る。

「応援しても、いいですよ？」

「いいからいってこい」

「はい」

続いて、時雨の相手の名前が呼ばれる。

「一年九組・十条《じゅうじょう》美十《みと》。前へ」

美十が前に出る。彼女は自分が十条の人間だと誇るように、赤い髪をそっとかき上げる。

そしてそれに、時雨が冷たく言う。

「権威主義者が」

すると美十が、強気そうな、それでいて綺麗《きれい》な笑みを浮かべ、

「二流の言葉は聞こえませんねぇ」

「殺す」

「あなたには無理です」

その、美十の言葉が終わる前に、時雨が手を、後ろに回す。すると袖《そで》から、武器が降り

てきたのが、グレンにはわかる。

美十のほうも、なにか小さく呟《つぶや》いている。おそらくは、柊《ひいらぎ》の呪法だ。十条家は──呪いで身体能力を限界まで跳《は》ね上げる。以前深夜《しんや》が遣《つか》ってみせた、神懸《かみが》かり法の発展らしいのだが、すでに赤い髪の毛の上に、その髪よりもさらに赤い、三角の火輪光《かりんこう》が浮き上がり始めていて。

「ありゃ……金剛夜叉明王呪《こんごうやしゃみょうおうじゅ》かなぁ？」

と、グレンが興味深げに呟いたところで──

監督官が前に出る。

両者に、試合についての注意事項を話す。

試合終了の合図について。

相手を殺したら評価が下がることについて。

生徒たちの中にいた、五士典人《ごしのりと》がへらへら笑って呟くのが聞こえる。

「おーおー、すごい。美人同士の戦いはやっぱ、見がいがあるなぁ」

続いて柊深夜が言う。

「……これは、一瀬《いちのせ》の呪法が見れるかな」

やはり、向こうもそういう目で見ているのだ。だが、期待している様子ではなかった。

もう、グレンのあまりの情けない様子に、深夜は一瀬への興味を失ったのかもしれない。

とそこで、監督官が言った。

「始め！」

刹那《せつな》、時雨《しぐれ》と美十《みと》が、動き出す。

呪術で増幅《ぞうふく》された美十の動きは、異常に速い。

だが、時雨はそれに、きちんと反応している。後方へ下がる。手を振るう。するとその、手の袖《そで》から、無数の短刀——いわゆる、クナイと呼ばれている刃物が飛び出す。そのクナイの柄《つか》に糸がついていて、それが宙を舞う。

その、どれに触《ふ》れても、糸に繋《つな》がっている呪術符《じゅじゅっふ》が爆発し、クナイが跳《は》ね上がってくる仕組みだ。

だが、美十はそれを見下ろし、

「なるほど、暗器遣《あんきつか》いか……姑息《こそく》な一瀬家《いちのせけ》には、お似合いの能力ね」

突進を、止めない。

一瞬で張り巡らされた罠《わな》を無視して、真《ま》っ直《す》ぐ進む。

スカートから伸びた美十の細い足が糸に触れる。瞬間、呪術符が爆発する。クナイが跳ね上がり、糸に触れた者へと飛んでいく。

しかしそれをあっさり、美十はかわしてしまう。

さらに次々クナイが跳ね上がっていくが、そのすべてをかわし、よけきれないものは手でたたき落としながら、前に進む。

そしてそれに、見ていた五士《ごし》が言う。

「おー、十条家《じゅうじょうけ》、やっぱすっげぇな」

だが、深夜《しんや》はやはり、驚いた様子はなかった。あの、美十の動きや、時雨の呪術による罠の使い方程度では、柊《ひいらぎ》の人間は反応しないようだった。

美十が時雨との間合いをあっさり詰める。

「はい、これで終わり」

と笑って、拳《こぶし》を突き出そうとする。

だがそれに、時雨も笑って、

「残念。その傲慢《ごうまん》さが、あなたを殺しました」

右手の指を、ぱちんっと鳴らす。途端、美十がかわし、たたき落としたはずのクナイの先が、爆発する。そして地面を跳ねる。

すると、いつの間にか美十の放とうとしていた拳を、クナイの後ろから伸びていた糸がぐるぐる巻きに拘束してしまう。

それで美十の動きが、

「ぐぅっ」

止まる。

当然だろう。あの、時雨《しぐれ》が使っている糸には、呪いが込められているのだ。それに触《ふ》れてしまった者は、まるで痺《しび》れ薬を注射されてしまったかのように、動きが鈍《にぶ》くなる。

だが、時雨は攻撃の手を緩《ゆる》めない。

スカートの裏からまた一本、クナイを取り出す。それをそのまま、一気に美十《みと》の首へと放とうとする。

そこで、グレンは時雨に、止まれと命じようとした。

監督官も、やめ！　と、叫ぼうとした。

だがその前に、

「うごっけぇえええええええ！」

美十が、叫んだ。赤い頭の上で、さらに赤く輝く火輪光《かりんこう》がぐるんっとまわる。そしてそのまま彼女は、拘束されている糸を無視して、拳《こぶし》を突き出してしまう。

「なっ⁉」

時雨が驚いた顔になる。その頬《ほお》に、美十の拳がぶつかる。

「があっ」

うめきながら、クナイを投げる。そのクナイは美十の頬をかすめて、しかし当たらない。

時雨の体はそのまま、信じられないほど遠くまで吹っ飛ぶ。地面に落ち、転がり、そし

てもう、動かない。あれは相当なダメージを受けただろう。おそらく脳が揺れて、しばらく立ち上がれない。

だが、美十《みと》は動ける。時雨《しぐれ》のほうへと、走って進もうとする。

が、しかしそこで、

「待て！　勝者・十条《じゅうじょう》美十！」

監督官が、声をあげた。

それで、勝者は決まった。

グレンはその光景を腕組みして、見る。

「ふむ」

さらに担任の愛内彩愛《あいうちさいあ》がまたガッツポーズし、

「よし！　さすが十条家の美十さん！」

などと言う。

だが、美十は動きを止めたまま、倒れている時雨を見つめている。なぜか、悔しそうに見つめている。

それに監督官が言う。

「どうした？　下がれ」

が、彼女は首を振って、五人の監督官にアピールするように、手を上げる。

「あの……この勝負、引き分けにしてください」

「え？」

監督官たちの視線が一斉に美十に集まる。

それに美十が、説明する。自分の、薄く切れた頰《ほお》を指差し、

「最後にここに、傷をつけられました。そして彼女は暗器遣《あんきつか》いです。これがもし、実戦なら……」

そこで、監督官が言う。

「致死性《ちしせい》の毒が塗ってあるはずと、言いたいのか？」

「はい。私は訓練を受けているので、毒を受けてもしばらく動けるし、起き上がらない彼女に止《とど》めはさせるでしょうが」

「結局君も死ぬ？」

「そうです」

「そうか。わかった。だが、決定は覆《くつがえ》らない。勝者は君だ」

「ですが」

「勝敗は我々が決める。君の意見などはどうでもいい。余計な口を出すな。それとも、柊《ひいらぎ》が決めた法に、君は逆らう気か？」

「…………」

それで、美十《みと》は言葉を止める。

「すみません」

と言って、彼女は下がる。

グレンはそれを見つめ、それからいまだ倒れたまま動かない、時雨《しぐれ》のほうへと歩き出す。彼女のすぐそばまでたどりつく。見下ろす。

すると彼女には、意識があった。

非常に、不満そうな顔をしている。なにかを我慢するように下唇を嚙《か》んでいる。

そしてその顔に、グレンは言ってやる。

「はっはー、負けてやんの」

「……う、ぐ、す、すみません」

彼女の顔が、くしゃくしゃになる。

「せ、せめて私がここで勝たなければいけないのに……グレン様に、また、恥を……」

そこで言葉が消える。時雨は涙を流し始めてしまう。

それにグレンは、笑う。

「十条《じゅうじょう》は、強かったか」

「……はい。愚かなことに、侮《あなど》りました」

「まあ、でも引き分けだったけどなぁ」

「一瀬家《いちのせけ》の護衛者《ごえいしゃ》である、雪見《ゆきみ》の人間にとって……引き分けは負けと同義です」

「じゃ、負け犬だな」

「はい……」

「一人で立てるか？」

「ううう」

まだ、立てないようだった。それほど美十の拳《こぶし》は、重かったのだ。

とそこで、背後から声がかかる。

「あの……」

美十の声だ。

「その、大丈夫ですか？」

心配そうに、そんなことを言う。そしてそれに、時雨が、

「……近づかないでください」

と、答える。

グレンは振り返り、言う。

「だ、そうだ」

「ですが……」

「時雨はいま、悔しくて泣きそうだから、こないでほしいってさ。少しは気持ちを察しろ

よ」

「あ……」

と、そこで、美十《みと》はちょっとだけ困ったような顔になる。基本この女は、いい奴のようだった。

だが、

「ですが、なんの能力もないあなたに言われたくありません」

なぜか、怒りの矛先《ほこさき》がこちらに向いた。強気な瞳《ひとみ》で、こちらをにらんでくる。

「あ、そう?」

「そうです。私は、戦ってみて、強いと認めた雪見時雨《ゆきみしぐれ》さんに話しているのであって……」

「俺《おれ》は邪魔だと」

「そうです」

「ま、いいけどねぇ。んじゃ時雨、俺いくわ」

すると時雨はやっと起き上がれるようになったのか、上半身を起こし、

「あ、私も……戻ります」

それに美十が時雨に駆け寄る。

「あの、さきほどは……」

「殴ってすみませんと言うつもりなら、やめてください。あれはそういう試合……」

が、美十が遮《さえぎ》って、言う。

「いえ、試合前の、発言についての謝罪です。一瀬《いちのせ》グレンの従者ということで、誤解していました。あなたは強かった」

そしてそれに、時雨がなにかを言おうとする。おそらくは、主《あるじ》は自分なんかよりも強いだなんだと馬鹿なことを言いたいのだろうが、それに彼は振り返る。

すると時雨がこちらの顔を見て、口をぱくぱくする。また、ひどく不満そうな顔になる。

だがそんなことには気づかず、美十が言う。

「いっそあなたは、十条家《じゅうじょうけ》の従者になられてはいかがでしょうか？　あんなふがいない主の下でくすぶっていては、あなたの実力が腐ってしまいます」

「ちょっと、主をけなすのはやめ……」

「その、忠義を貫いているところも気に入りました。ぜひ、私たち十条家に……」

「ちょっと、だから……」

「とりあえず、一度私の屋敷に……」

「あの、グレン様！」

と助けを求めるような声がするが、無視してグレンはクラスメイトたちがいる場所へと、戻る。

するとそこでは、五士《ごし》が戦っているところだった。

対する二組の生徒も男で、五士はそれに、

「えー、男相手に頑張れる気がしないなぁ」

なんて言って、それに深夜《しんや》が外野から笑って突っ込む。

「ならおまえは、女殴るのが趣味なのか？」

だが五士はやはりへらへら笑いながら振り向き、

「いやいや、相手がかわい子ちゃんだったら、まいったーって言ってくるまでキスしまくる戦法でいくつもりだったんですけどねぇ」

なんて、言う。

そしてそれに対する相手の生徒は、

「……ああ、くそ……なんでよりによって、初戦が五士家の方なんだ……勝てるわけないじゃないか……」

すでに弱気になってしまっている。

それに五士が、言う。

「ま、いいや。やろ。早く終わろ。今日の試合さっさと終えて、俺《おれ》、美人捜しにいかなきゃいけないから」

指でちょいちょいっと、相手を挑発する。

それに相手の生徒は、ベルトに差していた直剣を抜く。どうやら彼は、刀剣を遣《つか》う家柄の人間のようだった。

動きもそれなりに滑《なめ》らかで、雰囲気もある。

だが、五士はやはり半眼のまま、

「ほいじゃーやろうか」

などと言っている。

相手の生徒がそれにうなずき、

「いかせていただき……」

「早くきて」

「いきます！」

剣を掲げた。だが掲げた瞬間、その剣が消えていた。

そして五士が、剣の持ち主の後ろに立っている。相手の生徒の剣を持って、それをゆっくり、生徒の首筋に当てながら、

「終わりでいいかな？」

と、言う。

相手の生徒は、一歩も動けなかった。

それに、

「……こりゃ、ずいぶんと速いな」

と、グレンは呟《つぶや》く。

すると横にいた深夜《しんや》が、反応する。こちらを見てため息をつき、吐き捨てるように、

「速くねぇよ」

とだけ言う。

「え？」

グレンがそう聞くが、もう深夜はこちらを見ない。

だが本当は、深夜が言いたいことはわかっていた。

五士《ごし》が遣《つか》ったのは、幻術だったから。

五士はまるで速く動いてなかった。ただ、幻術の出し入れがスムーズなだけだ。ゆっくり進み、ゆっくり剣を奪って、首筋に当てた。

しかしグレンは、それを見破れていないような発言を、わざとした。深夜に聞かせるために。柊《ひいらぎ》の人間に、自分を侮《あなど》らせるために。

それはうまくいっていて、深夜はもう、こちらを毛嫌いするような態度になってしまっていた。ちらりともこちらを見ない。

それにグレンは、肩をすくめる。

とそこで、深夜の名前が呼ばれる。

「一年九組、柊深夜」

それに深夜は顔を上げ、

「はい」

と、前に出る。

それで生徒たちが、ざわめくのが、わかる。


——深夜様だ。

——柊家の方が、戦われるぞ。


他に、かっこいいだのなんだのと、容姿についての声もあがったが、

「まるで、アイドルだな」

と、グレンは苦笑してしまう。

それから相手の男が前に出てくるが、すでに萎縮してしまって、かわいそうなくらいだった。

なぜか深夜は一度、こちらを見る。

その視線をグレンは受ける。

彼はまるで、挑発してきているようで。

「……なんだよ。俺《おれ》にがっかりしたんじゃなかったのかよ。それとも、実力差を、見せつける気か？」

なんて、グレンは呟《つぶや》く。

そのときにはもう、試合は始まっている。

「深夜《しんや》様……いかせていただきます」

「うん。いい試合にしよう」

「はい！」

と、嬉《うれ》しそうに相手の生徒がうなずく。それから呪術符《じゅじゅつふ》を取り出す。どうやら相手は、呪符遣《つか》いのようだった。

札《ふだ》をいくつか宙空に投げ、展開し、それを使って大きな呪術を遣おうとする。

そしてその間、深夜は動かない。なにもしない。ただ、ぼんやりと相手を見つめている。

そしてそれに、相手の生徒が、怯《おび》えた様子で言う。

「……あ、あの」

「ん？」

「攻撃、してこないんですか？」

「あー、ごめん。忘れてた」

「その、私のほうの術は、完成してしまったのですが」

「そう？　じゃあ撃ってみようよ」

「いや、でも、かなり大きな術式で……これを喰《く》らったら、普通の人間は死んでしまうので……」

「そうか。そりゃ楽しみだな」

「あの、殺したくないので大変申し訳ないのですが、もしよければ、あの、勝負を辞退していただくことは……」

が、深夜は遮《さえぎ》って、

「だから撃っていいよ。効かないから」

なんて言った。

それに相手の生徒は驚いた顔になる。だが、確かにそれは、相手の生徒が怯えるほどに無茶なことだった。

ここにいる人間は、柊《ひいらぎ》の呪術について、学んでいる者ばかりなのだ。そしていま、相手の生徒が展開している呪法は、かなり大きな威力を持ったものだった。

普通なら、仲間に守られながら長い時間をかけて展開する、強力な殺傷能力を持っている呪法。

だが、相手の生徒はそれをかなり短い時間で完成させてしまった。だから彼は、相当の遣《つか》い手なのだろう。そしてそれが完成してしまえば、もう、彼の勝ちは確定したようなものだった。

それを喰《く》らって生き残れるような人間はいないし、もう、完成してしまったものを解呪《かいじゅ》することは出来ない。

だから、辞退を願った。

もしくは、

「あの、柊家《ひいらぎけ》の方を殺すわけにはいかないので、私を失格にしていただけませんか?」

などと、監督官に、頼む。

それに監督官が、深夜《しんや》のほうへと目を向け、

「どうしますか?」

と聞く。

だが深夜はそれに、答える。

「だからさっきから撃っていいって言ってるんだけど」

「ですが」

「それとも、なにかな。僕の実力は、みんなに疑われてるのかな」

「………」

それに、監督官がびくっと震《ふる》える。それから相手の生徒に、

「撃ちなさい」

なんて、言う。

それに相手の生徒は困ったような顔になる。それから決意した表情になってから、

「し、死んでも知りませんからね！」

と、呪法を発動した。

宙空に浮いた札《ふだ》が明滅し、巨大な炎が生まれる。それが深夜へと放たれる。

だがそれに深夜は慌てず、手を上げ、

「消えろ」

とだけ、言った。

そしてそれだけであっさり、炎は消えてしまう。

その場にいた全員が、言葉を失う。

いったいなにが起きたのか、誰にもわからないようだった。監督官たちでさえ、驚いた顔で、勝者が誰かを、言わない。

だが、勝者はもう、あきらかだった。

深夜が踵《きびす》を返す。

こちらに向かって、歩いてくる。

そこで、

「しょ、勝者、柊《ひいらぎ》深夜《しんや》！」

なんて声があがる。

一瞬の間のあと、周囲に歓声が響《ひび》き始める。その歓声の中、深夜は戻ってきて、言う。

「で、どうせいまのもなにしたか、おまえはわかんないんだろう？」

と、そう言われた。

グレンはそれに答えようとするが、しかし、深夜はそのまま去っていってしまう。

答えはいらないようだった。

確かにいまのは、かなりすごい技術だった。だが、わからなかった、ということはない。深夜が遣《つか》ったのも、幻術だった。だがそれは、五士《ごし》のよりも速いわけでも、なかった。ただ、遣う場所がうまい。

会話をしながら、途中、途中で幻術を挟み込み、相手の生徒が展開しようとしていた呪術に、定期的に介入していた。

術の発動が、失敗するように。

深夜の戦い方は、かなりいやらしい。それも、まだだいぶ余裕を残しているようで、もしも本気で戦ったら、自分はこいつを殺せるか、どうか？　それは、わからなかった。

だが、とりあえずは、

「……いったい、どうやったんだ？」

と、グレンは言ってみる。

しかし深夜はもう、振り返らない。

そして次の、グレンの試合も、見る気はないようだった。

「次、一瀬《いちのせ》グレン。前へ」

監督官から、名前を呼ばれる。

深夜はもういない。教室のほうへと戻ってしまっている。

それにグレンは、薄く笑う。

とそこで、

「一瀬グレン！　早く前に出ろ！」

呼ばれて、前に向き直る。

「あ、すみません」

と、中心へと歩き出す。

背後から時雨《しぐれ》が、

「グレン様！　頑張ってください！」

という声をあげるが、それに生徒たちがどっと笑う。

担任の愛内彩愛《あいうちさいあ》もそれに噴き出し、

「まあ、この一戦だけは、負けてもいいわ」

などと言う。

相手の組の生徒たちなどは、もっとひどい。クズのネズミに負けたら、末代までの恥だのなんだのと言っていて。

「…………」

だが、今回は負けるつもりは、なかった。なぜなら二戦目の、柊《ひいらぎ》征志郎《せいしろう》と当たってみたかったからだ。もちろんそこで負けるつもりだが、しかし、手を合わせてみれば、柊の奴らがどれほどの力を持っているのか、少しはわかるかもしれない。

だから今回は、勝つ。

だがそれも、ぎりぎりで、だ。

対戦相手の男が出てくる。ひどく緊張した顔をしている。立ち居振る舞いも鈍《にぶ》そうだ。手には槍《やり》を持っている。

それに、グレンは腰に差している刀に手を添え、

「よろしくお願いします」

と頭を下げた。

すると相手はそれを鼻で笑い、言う。

「ネズミが話しかけてくるなよ。殺すぞ」

「それは申し訳ない」

「いいから、やるぞ。潰してやる」

「お手やわらかに……」

それで、試合は始まった。

だが、その試合については、語るほどのことはもう、なにもなかった。

グレンは、ひどく無様《ぶざま》な戦い方をした。防戦一方で、最後には試合場内を必死に逃《に》げ惑《まど》い、だが、たまたま放った一撃が、相手を気絶させてしまう。

「勝者、一瀬《いちのせ》グレン」

そう名前を呼ばれた瞬間、演習場内からは、批難《ひなん》が大量に降ってきた。

クラスメイトたちも、クラスの恥だと罵《ののし》ってくる。

五士《ごし》があきれ顔で、

「おまえ、ほんっと弱《よえ》ぇのな」

などと言い。

さらに美十《みと》は、

「そんな力で雪見《ゆきみ》さんを従えて、恥ずかしくないのですか？　従者たちに担《かつ》がれる者として、努力しようとは思わないのですか？」

まるで自分のことのように怒ってくる。どうやら彼女の中では、優秀な従者である時雨《しぐれ》がかわいそう、という気持ちが芽生《めば》え始めているようだった。

それにグレンは、言う。

「……ああ。まあ、時雨《しぐれ》には、いつも申し訳ないと思っ……」

「なら、すぐに手放しなさい。あなたに彼女を従える資格はありませんよ」

「…………」

などと言われるが、それに時雨が割って入ってくる。

「やめてください。これ以上、主《あるじ》を罵《ののし》ることは許しませんよ」

それに生徒たちが笑う。女に守ってもらってばっかだな、と。一瀬《いちのせ》の当主はいっつもふぬけばかりか、と。

そして美十《みと》が、こちらをにらんで、

「本当に、恥ずかしくないのですか？」

と言ってきて、グレンはそれに、答えた。

「もちろん、恥ずかしいよ。自分の力のなさを、恥じる毎日だ」

それは、本当だった。

いつもそのことを考えている。いま、自分に力がないことを。なにもかもを潰すだけの力がないことを、常に恥じている。

するとそれに、美十が言った。

「なのになぜ、努力しないのです?」

そんなふうに、聞かれた。

――なぜ、努力しないのか?

それに、

「……さて、ね」

と、つまらなそうに、グレンは振り返る。

すると隣の試合場で、歓声があがっているのが聞こえた。まるで深夜《しんや》が登場したときと同じような、歓声。

そこでは三組と五組の試合が行われているはずだった。

そして三組には、真昼《まひる》がいるはずで。

グレンはその、試合場のほうを見る。

すると試合にはやはり、真昼が出ていた。

彼女の動きは、速い。おそらく深夜よりも、速い。それでいて、華麗《かれい》さも備わっていた。

敵もおそらく、美十と同じぐらいの力量があるように見えたが、真昼は危なげなく相手を圧倒していく。

この十年、会っていない間に、彼女は相当力をつけたようだった。

それが、努力によるものなのか、それとも柊《ひいらぎ》という血の、才能によるものなのか。

おそらくはその、両方だろう。

グレンは真昼《まひる》を見つめて、

「……努力ね」

もう一度、呟《つぶや》く。

と、そこで。

今度は別の場所から悲鳴があがったのが、聞こえた。そしてその声は、グレンがよく知っている女の声だった。

「小百合《さゆり》……？」

彼は振り返る。

声がしたのは、一組と四組が試合しているはずの試合場。

そこでも、やはり歓声があがっている。

真昼や、深夜《しんや》が登場したときと同じ、歓声。

そしてそれと同時に、

「殺せ！　殺せ！」

と、コールがかかる。

「やっちゃってくださいよ、征志郎《せいしろう》様！」

「汚《けが》らわしい、一瀬《いちのせ》の雌《めす》ブタなんか殺してください！」

グレンはそちらを見る。

すると、小百合が柊征志郎と戦っていた。

しかしもう、小百合の姿はボロボロだった。殴られたのか、唇が切れて血が流れている。ぜえぜえと肩で息をし、もう、体力も残ってなさそうだった。おまけに、セーラー服の前の部分が破られてしまっており、それを押さえるために、左手も塞《ふさ》がってしまっていて。

相対《あいたい》する征志郎が、にやにやと笑いながら、言う。

「なんだ、まだ余裕だなぁ。胸を隠しながら、片手で俺《おれ》と戦うつもりか？」

それに生徒たちが、どっと笑う。

「どうせなら、裸に剝《む》いてやってください！」

「家畜に服なんて生意気なんですよ！」

などと声があがる。

それを両手を広げて征志郎は受け、そして、言う。

「だってさ。じゃあ、みんなの希望に応えて……脱《ぬ》がしちゃおうかなぁ」

一歩前に、出る。

小百合は反応して下がろうとするが、征志郎のほうが圧倒的に速い。征志郎の手が、小百合の胸へと迫る。

「くっ」

と、小百合《さゆり》はそれを手で払おうとする。

だが、小百合の手は、征志郎《せいしろう》の手には当たらない。征志郎は胸から、顔面のほうへと拳《こぶし》の軌道を変えて、小百合の顔を殴る。

「がぁっ」

小百合の顔が跳《は》ね上がる。服がはだけ、下着が見えてしまう。

だが征志郎は攻撃をやめない。

「家畜が、汚いもの見せるなよ」

そのまま小百合の腹を殴る。

「ぐう」

彼女の体が、くの字に曲がる。降りてきた顔をまるでボールのように膝で跳ね上げる。

そこでもう、おそらく小百合に意識はなかった。

征志郎と小百合の力の差は、あまりに大きすぎた。小百合にはどうにも出来ない相手だった。

だからそれで、勝負は終わり、のはずなのだが。

「ほらっ」

征志郎《せいしろう》はまだ、小百合《さゆり》の体を蹴る。倒れようとする小百合を殴って、立たせる。

もう意識はないのに、征志郎は笑いながら小百合を殴り続けて、

「くそ！」

グレンは、うめくように、走り出した。

試合場へ向けて真《ま》っ直《す》ぐ走り、

「監督官！　なぜ止めない！」

彼は、叫んだ。

しかし監督官であるはずの教師たちはその、グレンを見て、笑っただけだった。

教師たちも征志郎の、仲間なのだ。

征志郎もこちらを見る。

笑う。

そして小百合の首をぎゅっとつかんで締め付けながら、

「おー、やっときたか。ほら、どうする？　おまえの従者、死ぬぞ」

「……くっ」

「はは、なんだよその目。弱《よえ》ぇくせに、俺《おれ》に反抗すんのか？　いいぜ？　やろう。試合を明日まで待つ必要ねぇよ。ここで柊《ひいらぎ》と一瀬《いちのせ》──どっちが強いか、決めようぜ」

などと言ってきて。

そして、それにグレンは目を細めて、

「……ああくそ、もう、ここまでか」

と、前に出ようとする。

だがそこで、

「……待って」

腕を、つかまれる。

「あなたの力では、征志郎には勝てない。いったら殺されるわ」

なんて言われて、振り返る。

するとそこには、真昼《まひる》がいた。さっきまで隣の試合場で戦っていたはずの真昼が、すぐ後ろでグレンの腕をつかんできて。

彼は、彼女の目を見る。

すると彼女は小さく微笑《ほほえ》み、それから、征志郎のほうへと目を上げる。

そして、言う。

「まさかあなた、ここで人を殺す気かしら？」

それに征志郎が、冷たい瞳《ひとみ》で真昼を見下ろして、言う。

「……真昼か。なんだ？　俺のやることに、文句でもつける気か？」

「当然でしょう。あなたのやっていることは、柊家の品位を……」

「知るかよ、そんなこと」

が、そこで、真昼《まひる》が飛ぶ。やはりその動きは可憐《かれん》で、それでいて一分の隙もなかった。

彼女は左手を征志郎《せいしろう》に伸ばす。

征志郎はその腕を払おうとするが、しかし、真昼の腕はいつの間にか、小百合《さゆり》を征志郎から奪ってしまっている。

「ちぃっ」

と舌打ちをして、征志郎は真昼に殴りかかろうとする。だが、それに真昼は顔を上げ、征志郎を見つめて、

「──本当に、これ以上続けますか?」

と、言った。

そしてその一瞬。

本当に一瞬だけ、彼女の中から、殺気のようなものが噴き出したのが、わかった。だが、それに気づけた者がいま、ここにどれだけいただろうか?

本当にそれは、気づくことが難しいほどに、刹那《せつな》の間だけの出来事で。

そしてそれに、征志郎は気づいたようだった。彼は手を止める。じろりと真昼をにらみ、

「……くそが。父上のお気に入りだからといって、いい気に……」

「なってません。父上から気に入られたいと思ったこともありません」

「てめぇは……」

「それにこれ以上、あなたと言葉を交わす気もありません。監督官。この勝負、もう終わりましたよね？」

それで、監督官が真昼のほうを見て、

「あ、あの……申し訳……」

「いいから早く、この醜《みにく》い試合を終わらせなさい」

「は、はい……」

そこで、監督官が征志郎の勝利を宣言した。

真昼は意識のない小百合を抱えたまま、こちらへと戻ってくる。そして小百合をこちらに差し出して、言う。

「はい、あなたの従者」

その、小百合の体を受け取って、

「……その、すまな……」

が、遮《さえぎ》って真昼は言う。

「あなたに謝られるのは嫌い。特に、いつも女を守れない、弱いあなたには……」

そう言って、真昼は去っていってしまう。

弱い、あなたには。

その言葉が、頭の中で何度も響《ひび》く。

だがその、彼女の言葉がいったいどういう意味なのかは、わからなかった。

それは小百合《さゆり》を守れなかったことを言っているのか、それとも、真昼《まひる》を——彼女を取り戻そうとしないことを、言っているのか？

「…………」

彼は、真昼の後ろ姿を見つめる。

するとそこで、腕の中から声がする。

「……あ、あれ、わたくし……」

小百合が目を覚ましたのだ。彼女は顔中、あざだらけになってしまっていた。

女なのに、彼女は、傷だらけで。

しかし、小百合はこちらを嬉《うれ》しそうに笑って見上げ、

「あ、ああ、そうか……グレン様が、助けて、くれたのですね」

「…………」

「あ、あの、すみません、わたくし、勝てなくて」

「…………」

「で、でもですね、あの、ちゃんと一瀬《いちのせ》の呪法は遣《つか》わずに、頑張りきりました」

「…………」

「ちょっと、あの、無様《ぶざま》な負け方に……」

が、それを遮《さえぎ》って、グレンは言った。

「もう、喋《しゃべ》るな。傷に障《さわ》る。それにおまえは無様じゃなかった。こんなクソみたいな環境の中、よくやってくれている」

「で、でも……」

「喋るなと、言っている」

それで、小百合は黙る。

するとそこで背後に、時雨《しぐれ》がやってくる。

「グレン様。小百合のことは、私が……」

「いや、俺《おれ》が連れていく。家に帰るぞ。今日の試合は、終わりだ」

「はい」

「あと、おまえら、今日はよくやった」

と、グレンは言った。

そしてそんなことくらいしか、言ってやれない自分の弱さを、彼は恨んだ。

だがそこで、背後から征志郎《せいしろう》が言ってくる。やはり、こちらを馬鹿にしきった顔で、

「負け犬が」

それで一斉にまた、笑い声があがる。

誰も彼もが笑っている。

小百合《さゆり》と時雨《しぐれ》はそれに、悔しそうな顔をしている。

自分がけなされるのはかまわないが、二人が傷つくのは、見るに堪《た》えなかった。

だから。

「…………」

だからいっそ、あの馬鹿を――

いい気になっているあの柊《ひいらぎ》のクズを、殺してやろうかと思う。

そうすればどれほど気分がいいか。なにも考えず、すべての野心を捨てて怒りに身を任せれば、どれほど気分がいいか、それを考え――そしてそれから、グレンは振り返って、言った。

「……あんまり、いじめないでくださいよ」

弱気な声音《こわね》でそう、言って。

また爆笑が起きた。

柊の生徒たちは、楽しくて仕方ないという顔だった。

胸の中で、小百合がぎゅっとしがみついてくる。

グレンはそれに、顔をしかめる。

頭の中にまた、さっきの真昼《まひる》の言葉が響《ひび》く。

『あなたに謝られるのは嫌い。特に、いつも女を守れない、弱いあなたには……』

「……まったくだな」

うんざりした気分で、グレンは校庭を、学校をあとにした。

第七章　真昼に見る夢

Seraph of the end

翌日。

やはり演習場で、選抜術式試験は続いていた。

周囲は相変わらず、生徒たちの歓声や声援で、賑《にぎ》わっている。

グレンの所属している一年九組はやはりエリートが多く集まっているというだけあって、強かった。ほとんどの生徒たちが、他のクラスの生徒たちを圧倒し、勝ち進んでいく。

おそらくは、明日、明後日あたりには、クラスメイト同士の試合も行われ始めるだろう。

だが、それまでの間は、仲間だ。

昨日今日と試験期間を過ごして、生徒同士はかなり仲よくなってきているように見えた。

「……まあ、俺《おれ》を除《のぞ》いてだが」

小さく笑って、グレンは独り演習場から空を見上げる。

ここのところ晴れの日が続いていたのだが、今日も空は、抜けるように青かった。

雲一つない、空。

そしてこんな綺麗《きれい》な空の下では、生徒たち同士の、殺し合いの試験が行われている。

人体実験とまではいかないが、しかし、この試験では、二、三年に一人くらいは死人が出ているのだという。

ならこれはやはり、人体実験だろう。

「《百夜教《ひやくやきょう》》と、なにが違う……？」

まあもちろん、一瀬《いちのせ》でも似たような訓練は行われているし、それを批判するつもりも、ないのだが。

とそこで、横から声がかかる。

「おいグレン」

深夜《しんや》の声だった。

「うん？　俺にはもう、話しかけないんじゃなかったのか？」

すると深夜は笑って、言ってくる。

「まあ、そう言ったな。おまえにはずいぶんとがっかりしたし」

「なら話しかけるなよ」

「でも、あまりにも弱すぎるから、助けてやる気になった」

「あ？　どういうことだ」

「今日の試合。僕が手を貸してやるから、辞退しろよ」

それにグレンは、深夜《しんや》のほうを見る。

「辞退？　いったい、どういうことだ？」

すると深夜は、答える。

「昨日の話、聞いた。おまえの従者の……なんて言ったか……」

「花依小百合《はなよりさゆり》」

「そう、その子。入院したんだって？」

と、言われる。

確かに小百合の傷はひどく、あの試合のあと、そのまま入院してしまった。今日はその付き添いをするように、と、時雨《しぐれ》も病院にいかせている。だから二人とも、学校にはいなかった。

「傷の具合は？」

深夜が聞いてくる。

グレンはそれに、再び目の前で繰り広げられている、クラスメイトの戦いへと目をやりながら、言った。

「……別に。問題ない。うちの従者は、あの程度でどうにかなるような鍛《きた》え方はしてねぇよ」

「はは、主《あるじ》は弱いのにね」

「……そうだ」

「ってかさ、おまえ、ほんとにそれで、恥ずかしくないのか？」

　それにグレンは深夜に目をやり、しかしそれだけで、答えない。

　しかし気にせず深夜は続ける。

「従者をあんなにされたら普通、負けるのわかってても絶対に征志郎《せいしろう》を潰す――とか、意気込んでたり、しないのか？」

　などと言われ、それにグレンは苦笑する。

「はっ、そんなことに意気込んで、どうする？」

「そんなことって……」

「あいつと俺《おれ》じゃ、実力が違いすぎるだろう？　俺は無理なことには挑戦しない主義だ」

「あ～……」

「もちろん、従者たちも……小百合もそんなことは望まない。俺が無駄なことで傷つくことも……」

　が、遮《さえぎ》って深夜が言った。手を振り、グレンの話をかき消すようにして、

「あーあー、もういいよ。おまえの言い訳はわかった。つまりおまえは、根っからの負け

犬ってことだろ?」

「………」

「で、僕の判断は正しかった。もしもどうしても一矢報《いっしむく》いたいっていうんなら、征志郎《せいしろう》の弱点を教えてやろうとも思ったけど、もういいや。おまえ、辞退しろ。このまま出ていけば、おまえはあそこで、殺されるぞ」

「………」

「征志郎は、そういう奴だ。なぶり者にされ、おまえは殺される。きっと教師たちはそれを止めないし、征志郎はおまえを殺しても、評価は下がらない。だから……」

「辞退しろって?」

「ああ」

「戦わずに、逃げろと?」

「ああ、そうだ。おまえ、そういうのが一番得意なんだろう?」

そう、深夜《しんや》に言われた。

そしてそれに、グレンは考える。どうするのが一番正しいのかを。正直、征志郎とは少しだけ、手合わせはしてみたかった。柊《ひいらぎ》の術式の展開速度がどれほどのものかを、実際の自分の体で感じてみたい、というのはあった。

だが、状況は変わった。

昨日の小百合《さゆり》の姿を見てしまったあとでは、自分を抑えられるかが、わからなくなってしまった。

試合をする。

自分は弱いフリをしたまま、いい気になった相手に、そこそこ呪術を使わせてそれを観察したあと、上手に負ける——

そんなことに耐えられるほど、自分が大人だとは、思えなかった。胸の中にはそれなりの怒りがうずまいている。

自尊心が。

自己顕示欲が。

そしてそれはすべて、力を手に入れるには、邪魔なものだった。一瞬の快楽のために、すべての未来を捨てることになる。

だから自分に、言い聞かせる。抑えろ、と。欲望を抑えろ、と。自分が手に入れたいものは、ここにはない、と。

こんな程度の低い、ガキどもが集まっている場所にはないと。

だからグレンは顔を上げ、深夜に向かって言った。

「じゃあ、辞退を手伝ってくれるか」

すると深夜は、ひどくあきれた、冷たい瞳《ひとみ》でこちらを見据えて、言った。

「……クズが」

「おまえが辞退しろと言っ……」

しかし無視して、深夜《しんや》は少しだけ悔しげに、

「くそ、これじゃ、真昼《まひる》が……」

だが、言葉はそこまでだった。こちらを見つめ、それから、どんっと肩を殴り、

「いいだろう。僕がおまえを辞退させてやる」

そのまま深夜が、前へと進む。

演習場ではいま、戦っていた生徒の試合が終わるところだった。

それに続いて監督官が、次の試合の生徒の名前を呼ぶ。

「一年四組・柊《ひいらぎ》征志郎《せいしろう》。前へ」

征志郎が試合場に出てくる。

続いて相手の名前が呼ばれる。

「一年九組・一瀬《いちのせ》グレン。前へ」

だが、グレンは動かない。代わりに深夜が征志郎の前に出ていく。

それを見て、生徒たちがざわめく。

やはりそばにいた、五士《ごし》と美十《みと》が、なにが起きたのかと確認するように、こちらを見てくる。

美十が聞く。

「いったい、これはどういうことですか？」

続いて五士が言う。

「なんで深夜様が出ていく？」

そしてそれに、グレンは自《じ》嘲《ちょう》するような笑みを浮かべて、答えた。

「……いや、俺《おれ》は試合を、辞退するんだ」

「へ？」

「その、柊征志郎様には、勝てないから」

それに五士が目を丸くして、言う。

「はぁ？　おまえ、それ本気で言ってんのか？」

続いて美十がこちらをにらんできて、言う。

「ちょっと、それはあんまりじゃありませんか。あなた、昨日従者の方をあんなにされて、それでもなにも感じないんですか？」

「そうだよ。勝てないから辞退って、なんだそれ。おまえの従者はあんなになるまで戦ったってのに……主《あるじ》のてめぇは逃げんのか？　俺は許さねぇぞ。せめて勝てなくても、試合にはちゃんと出ろよ」

「そうです！　もし、あなたが負けたとしても、私たちが止めますから……でなければ、あなたのために頑張った従者の方が……」

しかしそれをグレンは遮《さえぎ》って、言った。

「あーくそ、うるせぇな。なんでおまえらが俺《おれ》に指図《さしず》する？　俺は辞退するんだよ。第一、俺は小百合《さゆり》よりも弱いんだぞ？　なら、そもそもこんな試合、出る意味ないだろう？」

それに美十《みと》が、言葉を失う。こちらを信じられないと言いたげな顔で見つめる。

五士《ごし》も、まるで汚いものを見るような目で、にらみつけてきて。

そして最後に、試合場にもう出ている征志郎《せいしろう》が、深夜《しんや》から事情を聞いたのか、

「は、はは、なんだそれ？　辞退？　すげぇなそりゃ。女ボコボコにされてんのに、逃げんのか？　さっすが、一瀬《いちのせ》はクズだなぁ」

笑いながら言ってくる。

それで、グレンが辞退することが、周囲の生徒たちにも伝わる。そしてすぐに、笑い声があがる。嘲笑《ちょうしょう》が。罵倒《ばとう》が。ありとあらゆる嘲《あざけ》りの声が周囲に巻き起こる。

だがグレンは、気にしない。

「…………」

ただ、動かず、誰とも視線を合わせないように目を、ゆっくりと空に向ける。

もちろん声は、聞こえている。

「あいつ、びびって動けねぇんじゃないの？」

「とんだ弱虫だよ」

「昨日、従者をなぶられた奴だろう？　辞退するって、どのツラ下げて学校これたんだよ？」

そんな声が、あがる。

とにかく聞こえるのは、笑い声だ。

弱い自分を笑う、声。

それにグレンは、へらへらと自分も笑ってみせる。

言われたとおりの、クズの顔を作る。

なんのプライドもない、頑張ることも出来ない、実力のない、クズの顔。

そして生徒たちが笑うのに飽きるのを待つ。自分に注目が集まっているのが、過ぎ去るのを、待とうとする。

いつもどおりに。

これから三年、演じ続けていくはずの、クズの顔で。

――だが、そこで突然、状況が変わってしまった。

「……なっ」

一瞬、なにか強い違和感に気づいて、グレンは反応してしまう。しかし、それは反応すべきものだった。

違和感が生まれた方向を見る。

場所は、空だ。

するとそこには赤い光が見えた。

そしてその光はこちらに向かってくる。一直線に、こちらを攻撃してこようとして、グレンはそれを、よけようとする。

一歩、横へ、ずれようとする。

だがそこで、自分の横にいる少女の姿が目に入る。

十条美十《じゅうじょうみと》と、そして五士典人《ごしのりと》が、赤い光の射線にいるのが、わかる。

二人は攻撃に気づいていない。

まるで気づいていない。

いや、このタイミングでは、普通の人間は誰も、これに気づくことは出来ないだろう。

つまり、グレンが助けなければ、二人は死ぬ。

そしてそれに、彼は顔を歪《ゆが》めて、

「くそっ」

手を、出してしまった。

殴るように美十の肩を押す。

「なっ、」

突然押されて、美十は驚いたような顔になる。さらに彼女は後ろの五士にぶつかる。

「うおわっ、なんだ⁉」

五士が驚いてこちらを見る。

さらに美十が倒れていきながら、

「あなた！　いったい、なにをするん……」

が、彼女の言葉はそこまでだった。

赤い光が、着弾《ちゃくだん》した。

美十の目の前を通り過ぎ、その背後にいた十数人の生徒たちを潰し、砕き、巻き込みながら地面にぶつかり、爆発する。

幸いなことに、その爆発の規模は大きくなかった。おそらく、その攻撃は、殺傷を主な目的にしたものではなかったのだろう。

だが、それだけでかなりの人間が死んだ。

生徒たちが死んだ。

おまけに、赤い光は一本じゃなかった。

十を超える光が校庭に降《ふ》り注《そそ》ぎ、生徒たちを薙《な》ぎ払っていく。

爆発が起きる。

大地が揺れる。

轟音《ごうおん》が鳴り響《ひび》く。

そしてそれから、少しだけ静かな時間があったあと、

「きゃぁあああああ！」

「な、なに⁉ いったいなにが起きたの！」

「腕が、俺《おれ》の腕が⁉」

「し、死んでる！ みんな死んでる⁉」

校庭に悲鳴が溢《あふ》れた。

生徒たちが泣き叫ぶ。

恐怖に震《ふる》える声があがる。

だが、泣いている暇はなかった。

あきらかに、何者かの攻撃を、この学校は受けているのだから。

グレンは再び、空を見上げる。

するとそのときにはもう、空から次々と、黒いスーツを着た男たちが降ってくる。

そう。

始まったのだ、戦争が。

《百夜教《ひゃくやきょう》》と柊《ひいらぎ》家《け》の戦争が、始まったのだ。

斉藤《さいとう》が言った、開戦は十日後、という言葉はまるで嘘《うそ》だった。なにせあれから、二日しかたってないのだから。

もちろんグレンもそんなことは信じていなかったが、

「早すぎるだろうがっ」

と、周囲の状況を確認する。

だがまだ、ほとんどの者が対応できていない。奇襲の爆撃を受け、さらにその爆撃は、白煙を生み出して、視界を悪くしている。どうやらさっきの赤い筋は、相手の視界を奪うための兵器だったらしい。

もう、美十《みと》も、五士《ごし》も、姿が見えない。グレンから見える範囲にいるのは、深夜《しんや》と、征《せい》志郎《しろう》だけ。

だが、悲鳴は聞こえる。

煙幕の外から、生徒たちの悲鳴は聞こえる。

「殺さないで！　お願いだから、殺……いやぁあああ！」

「な、なんだおまえ……こんなことしてただですむと思うなよ！　ここが、ここが『帝《みかど》ノ鬼《おに》』直下の学校と知っ……ぎゃぁああああ⁉」

もう、完全に敵の思うがままだった。

平和ぼけした無防備な生徒たちに、敵は用意周到に準備し、完全武装で襲いかかってきていて。

「こりゃ、最悪皆殺しにされるな……」

グレンは腰の刀に手を添える。

とそこで、さっきまで試合が行われていた、校庭に仮設された試合場の中心に、やはりスーツ姿の、一人の男が落ちてくる。

おまけにそいつは知った顔だった。

一昨日会ったばかりの男。

斉藤《さいとう》という名の、《百夜教《ひやくやきょう》》の暗殺者だ。

その斉藤が着地するなり周囲を見回して、笑みを浮かべる。

「よし、じゃあとりあえず、全員死ぬか」

両手を広げる。

それに深夜《しんや》が反応する。

「なんだ、あいつ……」

続いて征志郎《せいしろう》も斉藤を見て、

「てめぇ、ふざけんじゃねぇぞ……柊家《ひいらぎけ》に手ぇ出して、ただですむと……」

「思ってるよ。それに私は、うるさいガキは嫌いだ」

などと、言う。

そして例の鎖を体から生み出す。何本もの鎖が、一気に征志郎のほうへと向かう。

征志郎はその、鎖をよける。

一本。二本。三本。

「へ、へへ、んな弱《よえ》ぇ武器で、てめぇらここに攻めてきやがったのか！」

と、征志郎は笑う。

だがそれは、罠《わな》だ。

よけた先は、斉藤が誘導している方向。

おまけに斉藤の鎖は、もっと速い。全然速い。

斉藤は笑って、言う。

「はいチェックメイト。傲慢《ごうまん》さで死にましたって、天国で神様に報告しなよ」

一本、速い鎖が伸びていく。

だがそれを征志郎はよけられない。ちょうど動きが止まる場所に誘導されていて、動けない。いや、そんな回りくどいことをしなくても、征志郎ではこの速い鎖には反応すらできなかったかもしれない。

それほど、斉藤は強かった。

「ちょ、やめ……」

征志郎《せいしろう》が、驚きと恐怖に顔を歪《ゆが》めて、うめく。

そしてその、征志郎を、

「……よけろよ、ぼけ」

後ろからグレンは飛び出していって、思いっきり蹴り飛ばす。

「ぐあっ」

征志郎の体が、吹っ飛ぶ。最初の爆撃で上がった白煙の向こう側へと、消える。

だが、征志郎がいなくなっても斉藤《さいとう》の攻撃は止まらない。あらかじめ放たれていた鎖が、跳《は》ね上がってくる。

すべての鎖が、征志郎が反応できなかったトップスピードに変わる。全部で八本の鎖が縦横無尽、それぞれバラバラな方向からこちらに襲いかかってきて――

「………………」

しかし、グレンはそれを見ない。

その、鎖のそれぞれを見ない。

いちいち反応していては、すべてを捉えきることが出来ないから、ただ、ぼんやりと正面を見つめ、そして、自分の視界に鎖が入った瞬間に、腰の刀を抜いた。

もう刀には呪詛《じゅそ》をかけている。鞘《さや》を速く走る呪法。斬れ味を上げる呪法。斬ったものを呪う呪法。

通常ではありえないほど多数の呪術を同時に起動して、グレンは一瞬ですべての鎖を斬り刻む。

そしてそれに――

背後《しんや》で、声がする。

深夜の声だ。

「……お、おまえ、その力……」

それにグレンは少しだけ後ろを見る。驚愕《きょうがく》の表情でこちらを見ている深夜を見つめ、

「……くそ。一番見られたくない奴に、見られた」

「おまえ、それほどの力があって、なんでいままで……」

が、遮《さえぎ》ってグレンは言う。

「黙れ。殺すぞ。野心をぺらぺら喋《しゃべ》る奴を、俺《おれ》は信じない」

「……あっ」

「だが、いまは状況が違う。俺の質問に答えろ。おまえは本気で、柊《ひいらぎ》を潰そうと思ってるのか？」

「…………」

「もしそれが嘘《うそ》なら、俺の力を見たおまえはいますぐに殺す」

そこでグレンは刀を翻《ひるがえ》す。そして深夜《しんや》の首筋に添える。それを深夜はよけることが出来ない。いや、よけられないようなタイミングで、速さで、グレンは刀を動かしたのだ。

「ぐっ」

驚いた顔のまま、深夜がこちらを見る。

それにグレンは笑みを浮かべ、言う。

「だが、柊《ひいらぎ》への憎悪《ぞうお》が本物なら、おまえを俺《おれ》の下僕《げぼく》にしてやってもいい。どうする？　下僕として、あの黒スーツを狩る手伝いをするか？」

その問いに、深夜は首に添えられた刀を見て、そしてなぜかちょっと嬉《うれ》しそうに笑って、

「……はは……なんだよそれ。それじゃまるで、僕のほうがおまえより……」

「弱《よえ》えよ」

「はっ、なめん……」

が、言葉はそこで止まる。

斉藤《さいとう》が鎖を放ってきたから。

グレンはそれをよける。その場を離《はな》れる。鎖は、速い。そしてさっき、柊征志郎《せいしろう》はその鎖に反応できなかった。

そして反応できない奴は、すぐに死ぬだろう。鎖の数本は深夜のほうへも放たれてい

た。だからもし、あいつが役立たずのクズなら、グレンが手を出すまでもなくあの世へ
――

が、そこで、

「んで？　あのスーツをどう殺《や》る？」

背後から深夜の声がする。

振り向くと、深夜は鎖に護符《ごふ》を貼り付け、地面に封じてしまっている。どうやら実力を隠していたのは、自分だけじゃないようだった。

だが、それにグレンは言った。

「はっ、俺のが強《つえ》ぇな」

「へぇ、じゃあやってみるか？」

と深夜はこちらを見つめてくる。

するとそれに、斉藤が言った。

「やぁ～、なんで私の持ち場はこう、一番めんどくさい場所なんですかねぇ。この学校で七人いる要注意人物のうち、同時に二人を相手にしろだなんて……」

それにグレンは、斉藤へと目を戻す。そして言う。

「なるほど。つまりおまえは、俺と深夜の両方をもう、調査済みってわけか、斉藤」

「当然です。下調べもしないで柊に戦争なんて仕掛けませんよ」

とそこで、深夜《しんや》が聞いてくる。

「おいグレン。おまえ、あいつらが何者か……」

が、言葉が終わる前に、言った。

「《百夜教《ひやくやきょう》》だ。柊《ひいらぎ》潰しの戦争をするんだってよ。手伝えと俺《おれ》も勧誘受けた」

という言葉に、しかし、深夜は驚かずに半眼で斉藤《さいとう》を見つめて言う。

「ああ～、なるほどこれはそういう状況か……ってまあ、考えればわかる話だったね。柊に真《ま》っ向《こう》勝負してくる奴らなんて……」

言葉を継いで、グレンは言う。

「《百夜教》くらいしかいない。なのにそんな質問をするおまえは、脳みそ猿ってことだ」

「あは、殺すよ？」

「てめぇには無理だよ」

「ははは」

と、深夜は笑ってから、

「で、だから結局、いまどういう状況なんだよ」

なんて、聞いてくる。

さらに深夜は周囲を見回し、

「ご丁寧に煙幕で僕たちの周りは、囲まれてる。他の、学校の生徒や、教師から見えないように……」

　それにグレンは、目だけで周囲を確認する。

　まるで隔離《かくり》するかのように張られた煙幕。

　その外から聞こえてくる、悲鳴。爆発音。激しい戦闘の音。

　深夜が、続けた。

「で、この煙幕の中にいるのは、まるで狙ってそうしたかのように、グレンと、僕だけ。柊のことが嫌いで嫌いで仕方ない、二人だけ。これはどう考えても……」

　とそこで、斉藤が答えた。にこにこ笑って、

「いや～、頭のいい方と話すのは、楽でいいですね。もちろん、勧誘ですよ」

「ふぅん。で？」

「……一緒に、柊を潰しませんかね？　いまなら柊を潰したあかつきには、あなたがたに旧柊を隷属《れいぞく》させる権利を与えましょう」

　なんて言葉に、深夜が興味深げに言った。

「ほうほう。ってかその場合、僕とグレン、どっちが王様ってことになるのかな？」

　すると斉藤が、

「それはそちらの問題なので、喧嘩《けんか》でもして解決してください」

　などと言う。

深夜《しんや》がそれに、こちらを見て言ってくる。

「だってさ。で、おまえはどうすんの？」

「…………」

「そもそも、もう勧誘は受け入れてたわけ？

どういう条件で受け入れた？　おまえ、実はもう《百夜教《ひやくやきよう》》の人間なのか？」

なんて、聞かれる。

そしてそれに、グレンは深夜のほうをちらりと見て、答える。

「だ～からおまえはぺらぺらうるせぇんだって。受けたきゃ勝手に受けろよ。柊《ひいらぎ》潰して、王様にでもなんでもなれ」

「へ？　じゃあ」

しかしそれを遮《さえぎ》って、グレンは言った。

「だが俺《おれ》は、《百夜教》の下につくなんて、ごめんだ。もう誰かの下で、力がないのを言い訳するのには、飽きてんだよ。だから……」

そこで、グレンは跳ぶ。刀を振り上げ、

「俺は、上にいる奴全員、斬り殺してやる！」

斉藤《さいとう》に、刀をたたきつける。

斬る、ではなく、相手の存在ごと消滅させようとするくらいの勢いで、刀を振るう。

斉藤はそれを見上げ、

「もう、以前にそれは試したでしょう？　私に物理攻撃は効きませんよ。そういう、改造を受けている」

そう言いながら再び鎖を放ち、さらに体は霧状に拡散しようとする。

そう。

こいつにはどうやら、実体がないのだ。

おそらくはこの、人間の姿は仮初《かりそ》めで、鎖を覆う黒い霧——というのが、こいつの体の構成のようだった。

だが、グレンは気にせず刀を振り下ろす。

斉藤は鎖を上げて刀を防ごうとし、

「ああ、やっぱり鎖だけじゃ、止まらな……」

そこで刀が鎖を断ち斬る。

そのまま斉藤の肩口から入る。

だがまだ、斉藤は笑っている。へらへら笑っている。

「ほら、だめだと言って……」

しかしグレンは止まらない。制服の袖《そで》の部分に隠し持っていた呪符《じゅふ》を刀身に滑らせる。

刹那《せつな》、真紅《しんく》の刀身が、やはり赤い、まるで血のような炎を生み、

「蠢《うごめ》け、孔雀丸《くじゃくまる》」

爆発する。

斉藤《さいとう》の体の中で、刀の中に封じ込められていた呪いがぐちゃぐちゃに弾《はじ》ける。

以前、こいつは体を霧状にして、物理攻撃からの衝撃を緩和《かんわ》してみせたが、今度はそういかなかった。

グレンが持つ孔雀丸は、一瀬家《いちのせけ》の当主が代々遣《つか》う刀で、その刀身には今まで斬った者の憎悪《ぞうお》が呪詛《じゅそ》として封じ込められていると伝えられている。

そしてそれが、呪符《じゅふ》によって封印を解かれると、

「が、あ、なんだ、これは……体が言うことを……聞かな……」

驚いた表情で、斉藤がこちらを見た。

そして、

「わ、私の体は、柊《ひいらぎ》の遣う呪法は、効かないように出来て……」

が、グレンは斉藤をにらんで、

「俺《おれ》は柊じゃねぇよ」

吐き捨てるようにそう、言った。

呪いはどんどん、斉藤の体を蝕《むしば》んでいく。肉を喰《く》らい潰し、霧になろうとする体を浸食し、鎖を塵《ちり》へと変えていきながらグズグズと赤い塊《かたまり》に変えていく。

そしてそれにグレンは凄絶《せいぜつ》な笑みを浮かべて、言う。

「なぁ斉藤《さいとう》。なんでおまえの体が赤く染まるか、わかるか？　おまえは剣の呪いで、餌《えさ》に変えられてるんだ。呪われたおまえは、剣の餌になる。喰《く》われたら最後、おまえは一生、剣の中でのたうち回ることになる」

それに、斉藤は怯《おび》えた顔でこちらを見上げ、

「や、やめ……」

「やめてほしけりゃ、俺《おれ》の質問に答えろ。なぜここを攻撃する？　なんでこんな、力のないガキばかりの学校を攻撃する？　柊《ひいらぎ》家《け》の主力は、ここにはないだろう。なのになぜ、てめぇらはここを攻撃した？」

そう、質問する。

その間にも、悲鳴は聞こえ続けていた。

生徒の悲鳴。

さっきまでグレンのことを馬鹿にして、楽しそうに笑っていたはずの、生徒たちの悲鳴。

「そ、それは……」

「嘘《うそ》ならおまえは、すぐに殺す。嘘をついたと俺が判断しても、すぐに殺す。だから、答えるなら覚悟を決めて答えろ。おまえらは、なんでここにきた？」

それに、斉藤はグレンを見上げ、

「これは、仕方ありませんねぇ」

と言って、困ったように一度目を閉じる。それから覚悟を決めたような表情になってから、目を、見開く。

そして開いた瞬間、その瞳《ひとみ》の中央に蛇のような模様が浮かんだ。

呪詛《じゅそ》だ。

こいつは瞳に、呪詛を仕込んでいた。

それにグレンは反応し、後方へと下がろうとするが、しかし、

「下がる必要ないよ」

深夜《しんや》の声がする。そして斉藤の瞳に、護符《ごふ》がぺたんっと貼られる。

「ほい、封じた」

「あ……」

と、斉藤は少し、間抜けな声をあげる。

その斉藤を見下ろして、深夜が言う。

「僕も、興味あるなぁ。別に柊の生徒たちがどうなろうが気にならないけど……君らがここを襲う理由がない。この程度の兵数できたところで、『帝《みかど》ノ鬼《おに》』の主力部隊がきたらすぐに駆逐《くちく》されちゃうしね。ならいったい、なんのためにここにきた？」

そう、問う。

するとそれに、斉藤《さいとう》は今度こそ本当に困ったような顔で、

「いやぁ、ガキのクセに、なんか思ってたよりも、圧倒的な強さだなぁ……だ～から上層部にも、この二人の相手は一人じゃ無理って言……」

が、グレンはそれを遮《さえぎ》り、ぐいっと刀を強く押しつける。

「うっ」

と、斉藤が痛みにうめく。

それを確認してから、グレンは言う。

「黙れ。余計な話をするな。俺《おれ》の質問にだけ答えろ」

「…………」

「なぜ、おまえらはここにきた？」

それに斉藤は、やっと素直に答える。

「欲しいものが、ありまして」

「欲しいもの？」

「ええ」

「それはいったい、なんだ」

その問いに、斉藤は言う。

「研究資料です」

「研究資料？　それは……」

「いや、まあ、簡単に説明させていただくと、ここの生徒に、柊《ひいらぎ》を裏切って《百夜教《ひゃくやきょう》》に術式の秘密を売ってくれていた方がいましてね……その方と共同で進めていた研究です」

それにグレンは、笑みを浮かべる。

どうやら自分が思っていたよりも、柊には敵が多いようだった。そして柊の立場も、それほど盤石《ばんじゃく》ではなさそうだった。

どれほど巨大な組織でも、それを潰そうとする他の組織がある。

気に食わないと思って、裏切る奴がいる。

それは自分や、もしくは、

「……もしかして、情報を売ってたのはおまえか？」

すぐそばで、斉藤の瞳《ひとみ》を護符《ごふ》で封じていた深夜《しんや》に、聞く。

すると深夜は肩をすくめて、答えた。

「これがショックなことに、《百夜教》は僕にはまだ、一度も接触してきてないんだよね。なーんでこなかったのかな？」

それに斉藤が微笑を浮かべて言う。

「もっと、有能な方が情報を売ってくれたので」

「うわ、なにげに力がないってけなされたんだけど……でも、もっと有能、ねぇ。じゃあ、三年の人かな。柊《ひいらぎ》暮人《くれと》生徒会長とか？」

だが、あっさり斉藤《さいとう》は首を振る。

「いいえ。もっと有能で、柊のことを強く、憎んでいる方ですよ」

しかしその言葉に、グレンは心当たりがなかった。当然だ。柊のことはあまり、わかっていないのだ。そして柊のことを調査できるほどの力や規模は、一瀬家《いちのせけ》にはない。

ある程度従属し、監視されながら、一瀬家以下『帝ノ月《みかどのつき》』の人間たちは、柊を主《あるじ》とする『帝ノ鬼《みかどのおに》』に生かしてもらっている、という状況だった。

だからその情報を得られるのは、柊と同等以上の力を持った、《百夜教《ひゃくやきょう》》ぐらいのものだろう。

もしくは、内部の人間か。

「…………」

と、グレンは深夜《しんや》のほうを見る。

すると深夜の表情は、変わっていた。どうやら心当たりがあるようだった。

「知ってるのか？」

と、聞く。

だが深夜は答えない。

しかし答えてもらう必要はなかった。他に聞く相手はいる。

「まあ、いい。おまえが答えろ、斉藤。いったい誰と通じていた？」

「……えー、もう深夜さんは気づいてるのに、わざわざ私が答える必要は……」

が、グレンはさらに刀に力を込める。

「ぐぅっ」

と、斉藤がうめく。

その歪《ゆが》んだ顔をにらみつけて、グレンは言った。

「……いいから、答えろよ。殺すぞ」

「あはは。怖いなぁ～。でもま、殺してもらっても、いいんですがね」

「あ？」

「というかそろそろ、私の任務は終わりますから。研究資料と、協力者の回収が今回の私の任務です。で、そろそろ回収は終わる。その間、一番邪魔になるであろう二人を足止めするのが、私の仕事。そしてそれは成功した。あなたたちは私たちの目的を邪魔せず、ここでおとなしく私に注目してくれたので……」

とそこで、

「くそっ！　そういうことか！」

深夜《しんや》が血相を変えて立ち上がり、駆け出した。煙幕の、向こう側へ。

それをグレンは見つめ、それから再び、斉藤《さいとう》へと目を下ろす。

そのときにはもう、グレンもだいたい、状況は把握できていた。

いま、なにが起きているのかを把握するために必要な情報はもう、すでにすべて出ていたから。

・柊《ひいらぎ》内部の実力者が《百夜教《ひやくやきょう》》に情報を売り、なにかしらの研究をしていた。
・その柊内部の実力者は、柊に対して強い憎しみを持っていた。
・その柊内部の実力者を回収するのに、一番邪魔だと思われる二人——グレンと深夜を足止めする必要があった。

これだけ情報があれば、もう、馬鹿でも誰が裏切り者なのか、わかるというものだ。

だからグレンは、その名前を口にした。

「……真昼《まひる》が、裏切り者か」

斉藤がこちらを見上げて、言う。

「あれ、思っていたよりも、ずいぶんと冷静ですね」

「なぜ俺《おれ》が取り乱す？」

「だって、真昼さんはあなたの恋人でしょう？」

が、グレンはそれに、笑って言った。

「もう十年も会ってない女を、恋人と呼ぶほど俺は間抜けじゃない」

「あはは。そうですか」

「そうだ」

「でも、未練はある」

「ねぇよ」

「いえいえ、ありますよ。あなたの力は——その若さではありえないほどのその、呪術の力は、真昼さんを柊から取り戻すために……」

しかしグレンはさらに刀を斉藤の胸に押し込んで、言う。

「ねぇって言ってんだろ」

「はは、そうですか。まあ、別にどうでもいいですけどね。しかし真昼さんのほうはまだ、あなたのことが好きですよ？」

「…………」

「あなたの元に再びいくためだけに、彼女は力をつけ、家族を売った。なんて健気《けなげ》なんでしょうねぇ。あなたに会いたい一心で、この十年、必死に努力し続けてきた」

「…………」

「それをそろそろ、受け入れてもいいころなんじゃないですか？　真昼《まひる》さんはきっと、あなたに抱きしめてもらいたがってますよ」

などと、斉藤《さいとう》は言う。

そしてそれに、少し前に医務室で会ったときの、真昼のことを思い出す。

嬉《うれ》しそうな顔。

力がないグレンを見て――この十年想い続けていたのは自分だけだったのかという、落胆の顔。

それでも綺麗《きれい》と褒《ほ》められて、喜ぶ美しい顔。

「で、そのお膳立《ぜんだ》てを、《百夜教《ひゃくやきょう》》がしてくれるってわけか？」

すると斉藤はにっこり笑って、うなずく。

「ええ、そういうことです。あなたがた二人ほどの実力があれば、とてもいい待遇で迎《むか》えられますよ。もちろん――他の柊《ひいらぎ》と一瀬《いちのせ》の方々には、我らの軍門に降《くだ》ってもらいますが」

「…………」

「でも、一緒に柊潰しをしていただけるのであれば、あなたと真昼さんはその後、柊の残党どもを束ねる王と女王になってもらってもいい。うちは家柄がどうだの、格がどうだの言いませんし。お好きに恋愛でもなんでもしてください」

なんてことを、言ってきた。

その、斉藤の顔を、グレンは見下ろす。

斉藤はやはり、にこにこと笑っている。胸を刀で斬り裂かれ、体の半分を生け贄《にえ》に変質させられながらも、余裕の笑みで。

その、笑みを見つめて、

「つまりここまでが、おまえの任務か」

と、グレンは聞いた。

するとやはり、斉藤は笑って答える。

「ええ、そうですね。このタイミングであなたを勧誘するところまでが、任務でした」

「じゃあ真昼を裏切らせたのも……」

「私です。真昼さんはまだ、あなたが好きだと言ってました。あなたと二人でいられる世界が欲しいそうです。そのためなら、どんなことでもすると、家族でも売ると、そう、言ってました」

「…………」

「さてさて一瀬グレン様。いかがなさいますか？　私について、真昼さんのところへ一緒に……」

とそこで、煙幕の外で爆音が響《ひび》いた。

と同時に生徒たちの声が上がる。

「『帝ノ鬼《みかどおに》』の、主力部隊がきたぞ！」

「こ、これで助かる！」

「あいつらを殺せ！　皆殺しにして、『帝ノ鬼』に手を出したことを後悔させてやれ！」

そんな声が、する。

さらに別の方向からは、

「ま、真昼《まひる》様が、真昼様が捕らえられた！」

「た、助けろ！　おまえら命にかえても、真昼様をお助け……ぎゃぁあああ⁉」

と、茶番は進んでいく。

《百夜教《ひゃくやきょう》》が用意したシナリオが、順調に進んでいく。

どうやら真昼は、裏切り者だと柊《ひいらぎ》にバラさないまま、この学校を去るつもりのようだった。裏切り者として消えるのではなく、拉致《らち》されるのだ。ということは、もしかしたらいずれ、戻ってくるつもりなのかもしれない。

斉藤《さいとう》が言う。

「ああ、もう時間がないですね。《百夜教》が裏で手を引いているとバレずに、柊の主力部隊と交戦するのは、無理ですから。もう撤退させていただきます」

「はっ、なにがバレずにだ。俺《おれ》には全部……」

「いえ、あなたは柊が嫌いだから、バラさないでしょう？」

「…………」

「もしくは、真昼さんのことが好きだから……彼女が不利になるようなことは言わない」

「…………」

「だから場所を教えておきます。今夜、真昼さんに会える場所を。きていただけるのなら、《百夜教》はあなたを、柊潰しの英雄として迎《むか》えるでしょう」

「…………」

「さて、じゃあ、胸の剣を抜いていただけますかね？　そうしたら、真昼さんとあなたの、十年ぶりの再会の場所をご用意します」

それにグレンは、斉藤を見つめる。

やはりへらへら笑っている斉藤を見つめる。そして頭の中に、いくつかの思考を走らせる。いま、自分がどういう態度を示すか。どういう結論を出すか。いまの状況はどうなっていて、どれくらい斉藤の言葉を信用することが出来るのか。

時間はない。

もしも斉藤の話を受け入れるのであれば、いま、自分がいる場所に『帝ノ鬼』の主力部隊がくる前にこいつを解放しなければならないのだ。『帝ノ鬼』にこいつが捕まってしまえば、そこに一瀬《いちのせ》家《け》が入る隙間は、ないだろう。

だから思考をめぐらせる。

なにが最善か。

どうするのが正しいのか。

いや、自分がいったい、なにを求めているのか？

そしてそこで、言った。

「ってか、な～んか気に食わねぇなぁ。この、全部てめぇらの掌《てのひら》の上の感じ」

グレンは笑みを浮かべ、さらに深く、刀を押し込む。

「ぐっ」

斉藤《さいとう》がうめく。

しかし気にせず、続ける。

「だからやっぱ、おまえを逃がすのやめるわ。ここで捕獲して、全部の情報を聞き出す」

するとそれに、斉藤が言う。

「それでは真昼《まひる》さんの居場所は……」

「拷問《ごうもん》すりゃ、口割るだろ」

「はは、私は拷問では、口を割りません。そう訓練されています。それに、情報を漏《も》らそうとすると、死ぬように脳を弄《いじ》られてます」

「へぇ、そうか。じゃあ死ねよ」

それに、少しだけ斉藤の顔に焦りが浮かぶ。こちらを見上げ、

「……それではあなたは、真昼さんにはもう二度と……」

「会えなくていい。おまえは勘違いしてるが、俺《おれ》は別に、あいつに会うために強くなったわけじゃ……」

しかしその、言葉の途中で、

「そんな寂しいこと、言わないでよ」

声がした。

女の声がした。

その瞬間、グレンは斉藤の胸から刀を抜いた。そしてそのまま大きく、後ろに下がった。

理由は、すぐ目の前に、異常なほど大きな殺気が生まれたから。下がらなければ、死ぬ、と、そう感じたから。

だが、その殺気はついてきた。後退したグレンにそのままついてきた。

だからその殺気に向けて、グレンは剣撃を放った。

すると、ギィンッという、甲高《かんだか》い、金属と金属がぶつかりあうような音がした。

それに彼は、目の前をにらむ。

するとそこには、いつの間にやら一人の、美しい女がいた。

艶《つや》やかにきらめく、長い灰色の髪。

凛《りん》とした眼差し。

ピンク色の唇。

真昼《まひる》だ。

柊《ひいらぎ》真昼が、そこにはいた。

彼女の手には、漆黒《しっこく》の刀身を持った、日本刀。

その真っ黒い日本刀が、グレンの真紅《しんく》の孔雀丸《くじゃくまる》に押しつけられ、ぎりぎりと音を立てている。

その、刀ごしにグレンは顔を上げ、

「……真昼か」

と、彼女の名前を呼ぶ。

すると真昼は、微笑《ほほえ》む。なぜか少しだけ嬉《うれ》しそうに、表情を明るくして、

「あ、呼び捨てなんだ……医務室のときみたいな敬語は……」

「はっ、柊を裏切った奴に、演技の必要はないだろう。それにもう、おまえには俺《おれ》の実力はバレてる」

それに、真昼はやはり嬉しそうにこちらを見つめる。そしてうなずく。

「その通りね……なにせ私の剣を、防げる人なんてそうそういないから」

そこで真昼が剣を押し斬ってくる。とても女の力とは思えない。いや、人間の力とは思

えない。それが呪術で加速されたものなのか、それともまた、別の力なのか、それはわからないが、グレンはにやりと笑って、

「おもしれぇ。どっちが強いか、競うか」

言葉とは裏腹に、彼は一歩引く。

真昼の剣を流し、それから立て続けに剣撃を放つ。

刹那《せつな》の間に、何度も剣がぶつかりあう。

だが、真昼の剣は速かった。

グレンよりも力が強く、剣も速い。

だが技術だけは、グレンが勝っていた。だから斬り負けずにすんだ。

しかし、

「く、そ……まじかよ」

徐々に、押されていく。

斬り合いながら、後退させられていく。

「あは、なに？　競うんじゃなかったの？　強いところを、見せてくれるんじゃないの？」

「てめぇ、調子にのんなよ」

そこでもう一歩引く。懐《ふところ》に手を入れ、呪符《じゅふ》を出す、フリをする。

真昼《まひる》はそれに反応し、

「あ、剣では勝てないって認め……」

「うるせぇよ」

しかしグレンは呪符《じゅふ》を出さない。呪符はフェイントだ。全力で剣を突き出す。

「わわわ」

真昼が慌てて、それを払おうとするが、間に合わない。グレンの剣は、真昼の心臓へと一直線に向かい、しかし、

「………」

刺さる前に、止める。

それを真昼はじっと見下ろして、笑う。

「すごい……とんでもなく強くなったね、グレン。もしかして、私のため？」

しかしグレンは剣を引いて、言った。

「違うね」

「あら、違うの？」

「ああ。違う。何度も言わせるな」

するとそれに、真昼は不満そうに、唇を噛《か》む。そしてその表情を、グレンは知っていた。子供のころに何度も見た顔だ。彼女は何度も、何度も自分のことを好きかと聞いて、

グレンがそれに、めんどくさがって答えないと、すねてそんな顔をする。

そしてこちらを見つめ、

「そっか……私は、グレンと一緒にいたくて、強くなったのにな」

と、ちょっとかわいらしい声音《こわね》で、言う。

が、グレンは彼女をにらみつけ、

「で、あげくに《百夜教《ひやくやきょう》》と組んで、戦争を始めたか？」

そう、聞いた。

その間にも、周囲では悲鳴が上がり続けている。

戦闘の音がし続けている。

『帝ノ鬼《みかどのおに》』の主力部隊と、《百夜教》からの刺客《しかく》たちがぶつかりあう音が聞こえている。

そしてその真ん中で。

生徒たちの悲鳴の真ん中で——真昼が、ひどく楽しげに、妖艶《ようえん》に、笑う。

「ふ、ふふ……力は、手に入れ始めると、気持ちよくって。でも、あなたもそうでしょう？　グレン。生身でそこまで強くなるなんて、きっとひどく、ひどく力に魅入《みい》られてなきゃ、無理だもん」

「…………」

「でも、生身じゃやっぱり、限界はそこまでよねぇ。これ以上の、上の領域にはいけない」

「……上だ？　なんだ、そりゃ」

グレンが聞くと、真昼《まひる》は右手の剣を、掲げて、言う。

目を、薄く細め、

「だから、もっと上よ」

そして、剣を振り下ろす。

するとその剣が黒くきらめく。と同時に、剣を振ったあとの空間が、まるで裂けたように見えた。さらに大地も裂けてしまう。真っ二つに、まるで地割れかなにかが起きたかのように裂け、その裂け目が煙幕の向こう側まで広がってしまっていて。

その力はもう、とても人間のものには、見えなかった。

もしも真昼が、いまの力を初めから使っていたら、おそらく初太刀《しょだち》で、グレンは死んでいただろう。

真昼がこちらを見つめて、微笑《ほほえ》む。

「あ、びっくりした？　これ、すごいでしょう。《鬼呪《きじゅ》》の武器っていうの。柊《ひいらぎ》と《百夜教《ひゃくやきょう》》の呪術体系をハイブリッドして、いままで手が出せなかった上位の《鬼》をね、武器に練り込んで契約するんだけど……」

が、説明はそれだけで、十分だった。

《鬼呪》という言葉は、グレンも知っていたから。

《鬼呪》は、呪いの中でももっとも扱いの難度が高いもののことだった。

直接、《神鬼《しんき》》や《黒鬼《こっき》》と呼ばれる、鬼の神を呼び出し、それを神器《じんぎ》に封印して、使《し》役《えき》する。

封印するための器はたいていの場合、武器だ。

剣。

斧《おの》。

弓など。

何年もかけて祀《まつ》られ、清められた武器に、《鬼》を封印して、遣《つか》う。

だがそれは、理論上は完成していても、現代の呪術科学ではまだ、到底実現不可能とされていたものだった。

いや、もしも可能だったとしても、これを完成するには、数千、数万単位の人体実験が必要なはずだった。

いまの呪術科学では、《鬼》を武器に封印しきれず、武器の使用者が逆に、《鬼》に魂と体を乗っ取られ、周囲に災害をまき散らしてしまう。

そして《鬼》になるともう、人間としての理性も、記憶も、すべてがなくなってしまい、ただ、ただ、人を喰《く》らうことだけに喜びを感じる、バケモノになってしまう。

だからこの、《鬼呪《きじゅ》》と呼ばれる呪術体系は、少なくとも一瀬家《いちのせけ》率《ひき》いる、『帝ノ月《みかどのつき》』では全面的に研究が禁止になっていた。もちろん、それを研究することが出来るだけの技術力も、資金力も、一瀬にはなかった。

だが、

「…………」

彼女がいま、持っているのは、《鬼呪》が封入された武器なのだという。

なのに彼女はまだ、人間に見えた。

それにグレンは、聞く。

「……おまえらは、《鬼呪》を完成させたのか？」

すると真昼《まひる》はにこにこ笑って、言った。

「あ、やっぱり気になる？　新しい力や強い力には、魅《ひ》き寄《よ》せられちゃう？」

「いいから、答えろ」

「あは。いいけど」

と、真昼は漆黒《しっこく》の刀を掲げて、言う。

「これが、あと少しで完成かな～ってところなんだよね。でもさ、グレン。これさえあれば、もう、なにも怖くないでしょ？」

「…………」

「柊《ひいらぎ》だなんだと騒ぐ必要もないし」

「………………」

「あの、まるで人間を家畜のように扱う、吸血鬼《ヴァンパイア》どもだって、これさえあれば、殺せる。これさえ完成すれば、これさえ……」

しかしそれに、グレンは言った。

「はっ、狂ってるな。それでおまえらはいったい、何人犠牲にした？　その実験のために、何人生け贄《にえ》にした？」

するとそれに、真昼がこちらを見据えて、言う。

「あら、それはなんの綺麗《きれい》ごと？　まるであなたは、なにも犠牲にしてこなかったような口ぶりだけど……冗談でしょう？　その強さと引き替えに、あなたもなにかを、捨ててると思うんだけど」

「………………」

「それに私たちは、一緒に知ったじゃない。あの日。あの、青い空の下、芝生《しばふ》の上で。力がなければ、誰も守れないって。好きな人も守れないって。大切なものも、守れないって。だから力を求める。私も、あなたも……ねえ、グレン」

そう言って、彼女はこちらに、手を伸ばす。

そして、言う。

「私と一緒にこない？　私ときたら、あなたにも力をあげる。私と一緒に、この力を完成させせま……させ……さ……」

が、なぜか途中で、その言葉が途切《とぎ》れる。

彼女は急に苦しげに、セーラー服の胸の部分を、押さえる。

そして突然、声のトーンが変わる。

もっと幼い、泣きそうな声音《こわね》で、

「きちゃ、だめ、グレン。もう私は……私は、鬼に取り憑《つ》かれ……《鬼呪《きじゅ》》は、この実験は、失敗……わ、私は……私はもう、いな…………黙れ黙れ。私は取り憑かれてない。私にはもっと力がいるんだ……もっと、もっと力が……」

などと、言う。

そこで、真昼《まひる》の右腕が震《ふる》える。

がくがく震える。

そして、漆黒《しっこく》の刀から、黒い模様が蠢《うごめ》き、真昼の腕に移っていく。

まるで呪うように。

真昼を呪うように、刀が、真昼の腕を侵蝕《しんしょく》し始める。すると腕の形が変わる。指先は爪が長く伸び出し、まるで獣のような形に変容していこうとして、

「おーっとまずい」

背後にいた、斉藤《さいとう》が言った。そして鎖を放ち、真昼《まひる》の右腕をぐるぐる巻きにする。

「時間がたちすぎましたねぇ。そこまでです、真昼さん。まだこれ以上は、その武器は使えない」

その言葉に、真昼の表情が、戻る。

冷静な、顔に。

「……ええ、そうね。戻りましょう」

が、グレンはそれに、斉藤のほうをにらんで言った。

「てめぇ、真昼になにした？」

すると斉藤が答える。

「詳しく知りたければ、あなたも《百夜教《ひゃくやきょう》》に……」

が、無視してもう一度、

「真昼になにしたのかって、聞いてんだよ！」

と、グレンは飛び出した。真紅《しんく》の刀を掲げ、一直線に斉藤に振り下ろそうとする。

だがそれを、真昼が邪魔する。

斉藤の前に立ち、あの黒い剣を振り上げてくる。

赤い刀身と、黒い刀身が、ぶつかる。

だが、今度はもう、金属がぶつかる音はしなかった。

グレンの剣が――孔雀丸《くじゃくまる》が、あっさり切断されたのだ。

そして《鬼呪《きじゅ》》のかかった黒い刀が、グレンの首筋に突きつけられ、止まる。

首をはねるのは簡単だったろうに、彼女は剣を止め、言った。

「……これで、おあいこ。さっきあなたは私を殺さないでくれたから。まあ、心臓を刺されてても、私は死ななかったけど」

なんてことを、彼女は言う。

心臓を刺されても、死なない――それはもう、人間と呼べるものじゃなかった。

だが、グレンは首に突きつけられた剣を見下ろして、言った。

「……俺《おれ》も首をはねられたところで、死なないね」

「あはは。それはないよ。あなたはまだ、人間だし。でも、やっぱりグレンは、おもしろいな」

「俺はおもしろくないね」

「ふふふ。ねえグレン」

「なんだ」

「大好き」

と、言って、彼女は抱きついてくる。軽く背伸びをし、グレンの首に、手を回してくる。彼女はあまりに近すぎて、その息づかいが聞こえる。鼓動《こどう》が聞こえる。

そしてその音は、昔、聞いたものと一緒だった。

あの芝生《しばふ》で。

あの、青い空の下で。

なのにいまはもう、状況がなにもかも変わってしまっている。

もう、うんざりするほど、なにもかもが変わってしまっている。

真昼《まひる》が離《はな》れて、言う。

じっとこちらを見つめ、

「もう一度だけ、聞くね、グレン。私と一緒にこない？」

それにグレンは、答える。

「嫌だね」

「力が手に入るのよ？」

「興味ない」

「あはは。なんか私、グレンに嫌われてるのかな……」

と、少しだけ悲しそうに、彼女は言う。

だがそれに、グレンは言った。

「そういう問題じゃない。俺《おれ》が目指す力と、おまえが求めてる力は、違うだけだ」

「そう」

「そうだ」

「そっか……でも、どこで、その道は分かれちゃったのかな」

それはもう、わからなかった。十年もたっているのだ。この十年でお互い、いろいろな経験をしたのだろう。この十年で、なにかが決定的に違ってしまったのだろう。

それが悲しいことなのか、それとも喜ぶべきことなのか、それはわからなかった。

だが、少なくとも真昼は少し、悲しげな顔をしていた。

真昼が、言う。

「……じゃあグレン。いいこと教えてあげる」

するとそこで、斉藤《さいとう》が慌てた様子で、

「真昼さん。それは……」

が、無視して真昼は続けた。

「あのね、今年のクリスマスにね、一度世界が滅ぶの」

「あ？」

「黙示録《もくしろく》のラッパが鳴って、ウィルスが蔓延《まんえん》する。そしたらきっと、いまよりもっと力が必要な世界に変わっちゃう。そしたらきっと……きっと、あなたは私のことを、欲しがってくれる。だからそのときまた、会いましょう」

「真昼、おまえ、いったいなにを……」

しかし真昼《まひる》はもう、それ以上はなにも答えるつもりはなさそうだった。ひょい、ひょいっと後方へと、舞うように下がっていく。

そしてにっこり笑うと、また、

「あなたが好きよ、グレン」

そう言った。

「これは本当の気持ち。だから、あなたが私を欲しがってくれるまで……その日まで、待ってるね」

そして彼女は、煙幕の向こうへと消えていく。

続いて斉藤《さいとう》も、少し疲れたような顔で、

「だいぶ、予定は狂っちゃいましたが、まあ、おおむねいいでしょう。あ、もしもあなたから《百夜教《ひゃくやきょう》》にコンタクトを取りたいときは、以前に私と会ったときに一緒にいた、あの少年が通っている孤児院の院長に伝えてください。百夜孤児院——どうせあなたは、その場所を知っているでしょう?」

「………」

「そうすれば、私に繋《つな》がります。では、そろそろ私もこれで」

そう言って、斉藤が下がる。

煙幕の内側には、グレン一人が取り残されてしまう。

彼はその、真昼が消えた煙幕を、じっと見つめる。もう、いなくなってしまった彼女のほうを、真《ま》っ直《す》ぐ見つめ、それから、手に持っていた折れた刀を見る。

孔雀丸《くじゃくまる》の刃は強い呪いで練られ、明王《みょうおう》の呪法で延ばされたもののはずだった。ちょっとやそっとのことでは、決して折れたりしない金属のはずで。

なのに、

「あっさり斬りやがって……いったい、なんだありゃ」

グレンはあきれたように、呟《つぶや》く。

いや、そもそもいまここで、なにが起きているのかがわからなかった。

真昼がなにをしたいのか？

クリスマスになにが起きるのか。

《鬼呪《きじゅ》》の武器には、いったいどれほどの力が隠されているのか。

もう、わからないことだらけで、

「クソむかつく」

グレンは子供のように不満そうに顔をしかめる。

とそこで、急速に煙幕が薄くなり始める。どうやらその煙幕は、呪術によって張られていたもののようだった。だから、《百夜教》の部隊が撤退すると同時に、消えていく。

そして、

「…………」

煙幕が消えた先に見えた景色は、地獄だった。

広い校庭が、血に染まっている。

傷ついた生徒たち。

ただひたすら、泣き叫んでいる少女。

途方に暮れたように、立ち尽くしている少年。

あきらかに死んでいる仲間に、必死に心臓マッサージをしている少年。

生徒の死体。

教師の死体。

そして、血の海。

その死体の中に、黒スーツのものは見えない。あれだけ毎日偉そうにグレンを馬鹿にしていた生徒たちは、誰一人、《百夜教《ひゃくやきょう》》からの刺客《しかく》を殺せなかったのだろうか。

それとも、正体がバレないように《百夜教》の奴らは、死んだ仲間の死体を回収していったのか。

だがとにかく、戦争の初戦は柊《ひいらぎ》の完敗だった。

なにせ柊は襲ってきた相手の正体もわからず、敵にまんまと逃げられてしまい、さらには、この光景だ。

「……あいつら、めちゃくちゃだな……」

グレンはうめくように言った。そして、折れた刀を腰の鞘《さや》に収める。

とそこで、

「あ、あ……あなたも、生きてたんですね⁉」

女の声が突然、する。

振り返るとそこには、十条美十《じゅうじょうみと》がいた。しかし彼女も、全身を血まみれにしている。

それは彼女自身のものか、それとも、返り血なのか。

グレンは美十を見つめ、言った。

「おまえ、その血は……」

自分のものじゃないだろうな？

そう言おうとして、しかし、彼女は無視してこちらに駆け出してくる。どういうわけか
泣きながらグレンの胸に飛び込んできて、

「よ、よかった！　生きててよかった！」

美十はそんなふうに、叫ぶ。彼女は震《ふる》えている。細い体をガタガタと震わせている。

「み、みんな死んじゃって……一生懸命助けようとしたのに、みんな、みんな……」

それをどうしていいかわからずに、グレンは少し、困る。それから美十の震えが止まる
ように、そっと肩を抱いてやる。

　すると彼女は少しだけ、落ち着いたようだった。その彼女に、グレンは聞く。

「落ち着け。そして俺《おれ》の質問に答えろ」

「え……」

「怪我《けが》はしてないのか？　いまは興奮して痛みを感じていないかもしれないが……」

　が、美十《みと》は首をぶんぶん振る。

「だ、大丈夫です。ひどい怪我は……」

「そうか。ならいい」

「で、でも、みんなが……クラスメイトたちが……それに私も……私も、あなたが肩を押してくれなければ、あの爆発に巻き込まれて……」

　それでまた、彼女の顔は恐怖に歪《ゆが》む。胸にしがみついてくる。

　するとそこで、

「って～か、おまえらいつの間にそういう関係になったの？」

　なんて、あきれたような声がかかる。

　五士《ごし》の声だった。

　声のほうを見ると、相変わらず軽薄《けいはく》そうな目つきをした金髪男がいる。

　それに美十が五士を見て、

「五士！　あなたも生きてたんですね！」

喜びの声をあげる。

五十はそれに、両手を広げて、

「あ、そういう展開で女の子とくっつけるの？　じゃあ、どうぞどうぞ」

と言うが、しかし美十はなぜか、五十の胸には飛び込まない。

そしてそれに、五十は不満そうにこちらを見て、

「この不公平感、どういうことだと思う？　グレン」

「ふむ。俺はおまえが、突然俺の名を呼び捨てにしたほうに疑問を感じるが」

するとそれに五十は笑って、言う。

「いや、まあ〜なんだ。おまえが助けてくれなきゃ俺、死んでたし。命の恩人みたいな？」

「その恩人を呼び捨てか？」

「おまえ友達少ないから、嬉《うれ》しいだろ？」

「死ね」

「あはは。ま、冗談はさておき、とーんでもねぇことになったなぁ」

と、五十は周囲を見回す。

仲間たちの死体を。

血まみれの生徒たちを。

そのころには『帝ノ鬼《みかどおに》』からきた部隊が、怪我人《けがにん》を助け始めていたが、相変わらず校庭は、混沌《こんとん》としていた。

「こーれが渋谷《しぶや》の真ん中の光景とは、とても思えねぇなぁ」

五士《ごし》が言う。それから彼はこちらを見て、言う。

「ってか、おまえほんと、弱《よえ》ぇのによく生きてたなぁ」

それに美十《みと》も、やっとグレンの胸から離《はな》れて、こくこくうなずく。

「どうやって、あの黒スーツの奴らの鎖を、よけたんですか？」

それで煙幕の外でも、《百夜教《ひやくやきょう》》の奴らが派手に暴れていたのが、わかった。

それにグレンは、答えた。

「……そりゃ、あ〜、なんだ。しゃがんでたからな」

「え？」

「は？」

と、美十と五士が言う。

それにグレンは、説明してやる。

「なんか、しゃがんでじっとしてたら、全部終わった」

その、言葉に。

美十はあきれたようにこちらを見て、それから五士と顔を見合わせて、ぷっと噴き出す。

「あなたは、本当に……」

「ってか、なんでそんな奴が、最初の爆撃に気づいたかなぁ」

それにグレンは肩をすくめ、

「退屈だから空ばっかり見てたしな」

すると二人はまた、笑った。

だがそれは、馬鹿にする笑いじゃなかった。緊張感が急に解けて、気が抜けたような、そんな笑いだった。

もう、涙が出そうなほど笑ってから、二人は沈黙する。

周囲の、傷ついた生徒たちのほうを見つめ、五士が言う。

「……でも、笑ってる場合じゃないよな、これ」

それに美十がうなずく。

「うん」

「仲間を殺されて、俺《おれ》ら黙ってられるほどお優しく育ってねぇしな」

「……うん」

「報復を、しないと」

そう、五士は言い、そしてそれに美十がまた、

「うん」

と、小さくうなずいた。

それをグレンは見つめ、考える。

報復——だが、その報復の相手は、いったい誰になるのか、と。

《百夜教《ひゃくやきょう》》か？

それともこの事態を手引きした、真昼《まひる》か？

そこでふと、子供のころの真昼のことを思い出す。彼女の無邪気な顔を。子供特有の、世界のすべてが手に入ると勘違いしている笑顔を。

——ねぇグレン。

彼女はいつも、彼の名前を嬉《うれ》しそうに呼んだ。

——あの……私たちさ……私たち、結婚できるかな……？

嬉しそうに、そう言った。

——いまみたいにさ、ずっと一緒に、いられるのかな？

グレンは顔を上げる。

血まみれの校庭の真ん中で、相変わらず青く、晴れ渡っている空を見上げる。

だが、気分は最悪だった。

息が止まりそうなほどに、なにもかもを鬱陶《うっとう》しく感じていた。

「グレン」

と、声をかけられる。

深夜《しんや》だ。

あいつも生きていたようだ。

そちらを見る。

深夜も体中を血に染めている。暗い顔でこちらを見つめ、言ってくる。

「真昼が……真昼がいなくなった」

「…………」

「さらわれたらしい」

裏切り者が真昼だと知っているのに、深夜はそう言う。つまりこいつは、本当に柊《ひいらぎ》が嫌いなのだ。こいつが柊を潰したいと思っていた、という言葉は、本当なのだ。

そして、

「これからいったい、どうする？」

しかしその問いに、グレンは答えられなかった。あまりにも多くのことが起きすぎた。

それをもう、いちいちいま、説明してやる気力は、ない。

だからグレンは言った。

「なぜ、あなたの許嫁《いいなずけ》である、真昼《まひる》様のことを私に聞かれるのですか?」

それに深夜《しんや》は驚いたように目を見開く。それから美十《みと》と、五士《ごし》がいることに気づき、また、そんな馬鹿な演技をするつもりか、と言わんばかりの顔になって、

「……おまえは」

とだけ、言うので、グレンはにやりと笑って答えた。

「むかつくって?」

「……わかってんなら、やめろよ」

「はは。だが、ちょっと疲れた。話はあとにしよう」

それに深夜が、こちらを見つめて言う。

「あとで、間に合うのか?」

それにグレンは、死体だらけの周囲を指して、言った。

「間に合うどころか、とっくに手遅れだ」

いや、いまから先回りして敵に追いつくにはむしろ、時間をかける必要があった。死ぬほど頭を使って、情報をかき集め、周到に準備をする必要があった。

それくらい、《百夜教《ひゃくやきょう》》と真昼は、自分たちよりも先へと進んでしまっている。

すると深夜がうなずいて、

「おまえがそう思うなら、そうしよう」

なんて言う。

踵《きびす》を返し、去っていく。

それに五士が、

「いまの、いったいなんだ？」

と聞いてくるが、グレンは首をかしげて、

「さぁ？」

「ってか、真昼様が拉致《らち》されたって、まじかよ？　やばくねぇか？」

などと話し始めるが、もうグレンはそれを聞いていなかった。

空は青い。

ひどく青い。

穏やかに、ゆっくり、小さな雲が流れていて。

それを見上げて、グレンは、

「……戦争が、始まったな」

つまらなそうな声音《こわね》でそう、呟《つぶや》いた。

エピローグ

滅亡直前の春について――

Seraph of the end

「グレン様、グレン様、今日からまた、学校が始まるわけですが、もう絶対、片時も離《はな》れませんからね！」

「…………」

「まさかわたくしが入院した翌日に、グレン様が戦争に巻き込まれるだなんて。話を聞いたとき、雪《ゆき》ちゃんとわたくしは顔を見合わせて飛び上がりました。護衛《ごえい》役であるはずのわたくしたちが、グレン様が危険に遭遇しているというのに、いったい、なにをしていたのか！　と。あの、ですので……」

と、小百合《さゆり》がぴったりと横にくっついてくる。

さらに時雨《しぐれ》も、反対側にぴったりと寄り添い、言う。

「ですので、今日から私たちは、グレン様から片時も離れないことにしました」

グレンはその、セーラー服姿の従者二人を見下ろして、言う。

「だからといって、くっつく必要はないだろう？」

すると時雨が言った。

「有事《ゆうじ》ですので」

小百合も言った。

「戦時中ですので」

それにグレンは二人の肩を手で、まるで両開きの扉を開くかのように、押しのける。

「邪魔だ。歩きにくい。第一、おまえら俺《おれ》より弱いだろうが」

が、小百合が言う。

「あ、離れちゃだめですグレン様！」

続いて時雨が、

「確かに私たちの力はグレン様の足下にも及びませんが、弾《たま》よけにはなれますから離れないでください」

と、周囲をきょろきょろ見回す。敵がいないか。攻撃はこないか。はたからはもう、ちょっと挙動不審な変人に見えてしまうんじゃないかというほど、二人は緊張しまくっている。

ちなみに彼らがいるのは、いつもの通学路だ。

第一渋谷《だいいちしぶや》高校へと続いている道。

あの、選抜術式試験中に、正体不明の組織に襲われてしまう――という事件以来、半月の休校を経《へ》て、学校は再開されることになった。

襲ってきた組織の正体は、名前も聞いたことのないテロ組織だった――ということらしかった。

そして『帝ノ鬼《みかどおに》』はそのテロ組織の構成員を一瞬で皆殺しにし、『帝ノ鬼』に逆らう者はこうなる、と、発表した。

それで学校の関係者たちは、安心した。『帝ノ鬼』の信徒たちの不安も、解消した。

だが当然、それは嘘《うそ》だ。

襲ってきたのはこの国最大の呪術組織《百夜教《ひやくやきよう》》で、『帝ノ鬼』がすぐにどうこう出来る相手ではないはずだった。

だからそのテロ組織は、《百夜教》によってでっちあげられた偽物の組織か、もしくは、『帝ノ鬼』が襲撃されて、その相手すらわからない——という失態を隠すために作った、やはり仮初《かりそ》めの組織か。

だがどちらにせよ、状況は好転していない。

この国の二大呪術組織の戦争は、始まってしまっているのだ。

そしてその下で、一瀬家率《いちのせけひき》いる『帝ノ月《みかどつき》』は、漁夫の利を狙うことに決まった。二大組織が争っている横で、その二つを潰し、上に立つことを狙うのだ。

そしてその二大組織が戦争状態に突入した——という情報は、幹部以外には伝えられていなかった。厳しい情報規制が敷かれ、その水面下で、激しい情報収集戦が始まっている。

各組織の工作員たちが命がけで敵組織を陥《おとしい》れられないかと、動きまわっている。

そしてそんな中、

「……もう絶対、グレン様を危険な目にはあわせません！」

時雨《しぐれ》が、まるで自分に言い聞かせるような決意の声音《こわね》で、言う。

するとそこで突然、敵からの攻撃がきた。

といってもそれは、命をおびやかすようなものではないが。

「……ん？」

グレンは目を上げる。

すると目の前には、コーラの入ったペットボトルが飛んできている。フタが開いていて、当たればきっと、コーラまみれになるだろう。

入学式のときと、一緒だ。

そしてその向こう側では、『帝ノ鬼』の生徒たちが笑っている。馬鹿にしたように笑っている。

こんな、戦時下に――いまが戦争状態だということすら伝えられていない、それどころか偽物のテロ組織を始末した、などという情報で、安心しきった馬鹿どもが――やはり馬鹿面下げて、笑っている。

グレンはそれを半眼で見つめ、

「時雨《しぐれ》。防ぐなよ」

と、言おうとする。

ここで実力をバラす必要は、やはりないのだから。いやむしろ、自分の力を秘匿《ひとく》する必要性は、前よりも高くなった。

なにせ、ここでこそこそと我慢する時間も、もう、三年はないかもしれないのだから。

戦争が、始まったのだ。

潰そうと思っていたバケモノ組織二つが、都合のいいことに潰し合いを始めてくれたのだ。

なら、自分は侮《あなど》られていたほうがいい。

限界まで馬鹿にされていたほうがいい。

あいつらは――

あの、偉そうにふんぞり返っている馬鹿どもは、一瀬《いちのせ》を侮ったまま、死んでいけばいい。

だから、グレンはコーラを受けようとする。

しかし時雨が反応してしまうのが、見える。彼女は本当に、緊張していたのだ。グレンに近づくものを、主《あるじ》に近づく敵意を、すべて排除しようとクナイを投げてしまう。

そのクナイは、一直線にコーラのペットボトルを破壊しようと飛んでいく。

そしてペットボトルが宙空で破壊されれば、生徒たちは黙るだろう。時雨の怒りに触《ふ》れて。彼女の実力に触れて。

だが、それには意味がない。

そんなことには意図がない。

だからあとで、説教だな、と、思う。

しかしそこで、

「よっ」

という、声がした。

クナイが飛んでいこうとした横で、いつの間にか現れていた、一人の男がそのクナイをつかんでしまう。

それが、柊 深夜《ひいらぎしんや》だというのが、わかる。

と、同時に、コーラのペットボトルが、クナイがなくなったせいで、飛んでくる。グレンの頭に当たる。中身が飛び出して、全身がコーラまみれになる。

それを見て、投げた生徒たちは爆笑している。

「コーラまみれでやんの！」

「弱《よえ》ぇやつが、この学校きてんじゃねぇよ！」

「消えろ！　一瀬のクソネズミがこれるところじゃねぇんだよ！」

なんて、怒鳴られて。

そして最後に、深夜《しんや》が振り向いた。薄く笑みを浮かべ、

「はっ。相変わらず、ださいなぁ君は。こんなコーラもよけれないのか？」

するとまた、生徒たちが笑った。柊《ひいらぎ》の名を持つ、深夜のバックアップを受けて、周囲の生徒たちがより一層、盛り上がってしまう。

どうやら深夜は、グレンの演技を手伝ってくれるつもりのようだった。

「貴様っ」

と、いきりたつ小百合《さゆり》と時雨《しぐれ》を制して、グレンは言った。

「ご助力、どうも」

「いやいや、なにせ僕ら、仲間だからね」

「仲間？　じゃあ、おまえは『帝《みかど》ノ月《つき》』に入信するか？」

「冗談言うなよ」

「なら仲間じゃないね」

「ふふ、まあ、同じ敵を持つ者同士、仲よく頑張ろうよ。じゃ、また教室で……」

そう言って、こちらに背を向ける。

それに、時雨がなにかを聞きたげにこちらを見るが、しかしその視線を遮《さえぎ》って、

「ちょっと、ずぶ濡《ぬ》れじゃないですか！」

背後からまた、別の声がかかった。

十条《じゅうじょう》美十《みと》の声だ。

彼女は、コーラを投げつけてきた生徒の集団から守るように、グレンの前に立ち、

「あなたたち、こんなことをして、恥ずかしくないのですか!?」

なんて正義感を振りかざす。

それに生徒たちが少しだけ怯《おび》えた顔になり、

「あの髪は……十条の方……」

「お、おい、まずくねぇか？　一瀬《いちのせ》の奴、十条の方を味方にして……」

「関係ねぇよ！　俺《おれ》たちには深夜様がついてんだから！」

「それに、征志郎《せいしろう》様も、あの一瀬のネズミは嫌いのはず……」

と、本当にどうでもいい、いじめる派 vs. いじめないでおく派がせめぎあっているところでさらに、

「うっわ、ひでぇ。なんだよそれ、グレン」

五士典人《ごしのりと》まで現れた。

横に並んでグレンを見て、

「コーラ臭《くせ》ぇんだけど？」

「俺はコーラ好きなんだよ」

「はは。なんだそれ。ところでおまえ、いじめられてんの？　どいつに？　こないだ助けてもらったから、お礼に助けてやろうか？」

と、五士《ごし》がコーラを投げてきた生徒たちのほうへと、鋭く目を向ける。

するとその生徒たちは、

「ひっ」

と、声にならない悲鳴を上げて、うつむく。そしてそのまま、

「が、学校、いこうぜ」

「遅刻しちゃうよ」

などなど、思い思いの言い訳をしながら、いなくなる。

そんな光景を、

「…………」

グレンはぼんやりと見つめ、それから自分を助けてくれた五士と、美十《みと》に向かって、言った。

「ちょっと、おまえらに言いたいことがあるんだが」

すると五士が言う。

「お、なんだ？　お礼か？」

続いて美十が、

「お礼なんて、いいんですよ。あなたは私を、一度助けてくれたのですから」

それにグレンはうなずいてから、言った。

「なぜ俺《おれ》がおまえらに礼を言う？　俺が言いたいのは、近づくなってことだ。俺は、友達はいらないんだ」

するとそれに、美十と五士が目を丸くしてこちらを見つめ、それから、

「おまえ、ほんとに照れ屋だよなぁ～」

と、五士が笑い出した。

続いて美十も、

「まさか近づくと、私たちもいじめの対象になると、心配してるんですか？」

「はぁ？　違……」

「そんなこと、気にしなくていいのに。でもなんか、少しずつあなたのことがわかってきた気がします」

と、まるでなにもわかってないくせに、彼女には勝手になにかがわかったらしい。

続いて美十は時雨《しぐれ》に話しかける。

「あ、それで雪見《ゆきみ》さん」

「……あなたに興味ありません」

「ところで雪見さん。今度私の屋敷にきてみませんか？　父に話したら、あなたにとても

興味を持って……」

「……私は興味ありません」

「そうですね、たとえばさっそく今日の放課後とか……」

その横で、五士《ごし》が言う。

「ななな、小百合《さゆり》ちゃんっていうんだよね？　君さ、あのさ、彼氏とかいるの？」

「ちょ、ちょちょちょ、なんでそんなに近づくんですか？　殺しますよ？」

「いないんなら放課後、俺《おれ》とデートを……」

「するわけないじゃないですか！」

「ってそれ、彼氏いるってこと？　そういうこと？」

「え、あ、いやその、そういうわけじゃないんですが……ですがわたくしには、大切な主《あるじ》が……」

と、顔を真っ赤にし、小百合がこちらを、ちら、ちらっと見てきて。

「………」

ちなみにもう一度言うが、いまは戦争中だった。

なのに、

「この、平和ボケどもの様子は、いったいなんだ？」

と、グレンは思う。

だが、相変わらず馬鹿どもはひどくうるさかった。それは黙れと言ってもう、まるで止まらなそうで。

そしてそれを見つめ、グレンはため息をつくと、コーラでずぶ濡《ぬ》れの髪をかき上げる。

空を、見上げる。

無駄に平和そうなその空と、そして、目の前の、あまりに馬鹿馬鹿しい光景に、

「……はは」

とそう、小さく笑って。

そしてここから、物語は始まる。

戦争。

殺し合い。

騙《だま》し合い。

愛と、憎しみ。

それは終始、人間味を帯びていた。

欲望を起点に、なにもかもが回り続ける。

際限なく回り続ける。

そしてその欲望が膨《ふく》れあがり、世界は滅亡していく。

これはその、人類滅亡直前の物語だ。

終わりの天使《セラフ》が終末のラッパを吹き鳴らし、世界に鉄槌《てっつい》を下すまでに、人間たちがどれだけ醜《みにく》く、それでいて必死に足掻《あが》いたかの、物語——

あとがき

学園呪術ファンタジー！　と、帯に書いてありました。

たぶんそういう作品になっております。

おまけに、世界が一度、滅亡することは、決定しています。世界が絶対に滅亡するのが決定している作品を書く――っていうのは、なかなかおもしろいなぁと思いながら、楽しく書けているのですが――

って、そのまえに、初めてのレーベルにやってきたので、自己紹介がいるような気がしてきました。

鏡貴也《かがみたかや》です。

『伝説の勇者の伝説』や、『いつか天魔の黒ウサギ』などを書いています。

僕は一つ作品を始めると、比較的長くシリーズをやらせていただいているので、なかなか新しいシリーズを始めないのですが。

なのでこれ、なにげに完全新作は四年半ぶりということになると思います。さらに、富士見《ふじみ》ファンタジア文庫様以外で小説を書くというのは初めてなので、ドキドキしています。

その分、思いっきり力を入れてやらせていただいておりますので、みなさまよろしくお願いします！

でもって、この作品の成り立ちについて、少し。
というかもう、帯とか広告を見て気付いている方もいると思うのですが。
ジャンプSQ.という漫画雑誌のほうでも、『終わりのセラフ』を同時展開しています。
そしてこの一巻と同時に、コミックス一巻も発売されるわけです。（コミックスのほうも、原作脚本完全書き下ろしでやってるので、よろしくお願いします！）

で、コミックスのほうは、小説から八年後の世界——破滅後の世界が舞台になっております。
つまりグレンは二十四歳ですね。
大人ですね！（笑）
日本帝鬼軍《にほんていきぐん》・一瀬《いちのせ》グレン中佐——なんていう肩書で、コミックスでもスーパー大活躍していますので、よろしくお願いします。

でまあ、八年後の世界は破滅しています。破滅後の世界は、魑魅魍魎《ちみもうりょう》が大地を跋扈《ばっこ》し、吸血鬼《ヴァンパイア》に支配され、世界人口は十分の一になっている中で始まる物語なのです。

つまり、滅亡は止められません。

しかしそれがなぜ起きたのか？

どう足掻《あが》いたのか？

人間たちはどうだったのか？

グレンたちはその中で、なにを見て、どう行動したのか？

グレンの見た、最後の人間の世界の物語を——描《えが》いていこうと思っています。

なので、小説、コミックス、あわせて楽しんでいただけると嬉《うれ》しいな、と思っております。

もちろん、主人公が違うので（コミックスの主人公は、百夜優一郎《ひゃくやゆういちろう》という名前です）、コンセプトも違うし、独立してもまるで問題なく楽しめるようになってます。

ですが両方読んでくれると嬉しいなーと。みなさま、よろしくお願いします！

そして、漫画もう読んできたよーな方へ。

こっちのグレン、優ちゃんと同い年の、十五歳だぜ！（笑）

で、終わりのセラフを全部読んだみなさんはー、ファンタジア文庫の『伝説の勇者の伝説』とかにも手を出してみたらいいんじゃないですかーと言えば、ファンタジア文庫出身の僕は、富士見《ふじみ》に怒られないかな、と、思い、書いておきます。

これでよし。

あとは、これは新シリーズを始めるといつも言ってることなので、僕の他作品を読んでくれている方にとっては、いつものことすぎでしつこいと言われてしまうかもしれないのですが、例によって例のごとく。

ええと、僕は作品を、みなさんと一緒に作っている、と思っています。みなさまに愛してもらって初めて成立するなぁ、と。なので、いま、この本を手にとってくれている方にまず感謝を。みんなのおかげで作品は作られていっていると思っています。

本当にありがとうございます！

そしてグレンが、小百合《さゆり》が、時雨《しぐれ》が、深夜《しんや》が、真昼《まひる》が見る世界がどうなるのか！　みなさま、ご期待ください！

と、書いたくらいで、そろそろあとがきにもらっていたページがなくなってきました～。

次にお会いできるのは、あれです。

基本、毎月4日発売のジャンプSQ.『終わりのセラフ』でも、一瀬《いちのせ》グレンは大活躍しまくっているので、みんなアンケートよろしくお願いしまーす！

ではでは今回はこのへんで。

みなさま、これからよろしくお願いします！

鏡《かがみ》貴也《たかや》

HP『鏡貴也の健康生活』 http://www.kagamitakaya.com/

講談社ラノベ文庫

終《お》わりのセラフ1
一瀬《いちのせ》グレン、16歳《さい》の破滅《カタストロフィ》

鏡《かがみ》貴《たか》也《や》

2013年 1 月4日第1刷発行
2014年11月4日第9刷発行

発行者	清水保雅
発行所	株式会社　講談社 〒112-8001 東京都文京区音羽2-12-21
電話	出版部　(03)5395-3715 販売部　(03)5395-3608 業務部　(03)5395-3603
デザイン	AFTERGLOW
本文データ制作	講談社デジタル製作部
印刷所	豊国印刷株式会社
製本所	株式会社フォーネット社

ISBN978-4-06-375279-3　N.D.C.913　284p　15㎝
定価はカバーに表示してあります

『紅 kure-nai』
山本ヤマト
学園呪術ダークファンタジー!!
【原作】鏡貴也【漫画】山本ヤマト【コンテ構成】降矢大輔
©鏡貴也・山本ヤマト・降矢大輔／集英社
大好評連載中！
毎月4日発売

終《お》わりのセラフ
Seraph of the end
破滅後の世界で少年は戦う！
『伝説の勇者の伝説』『いつか天魔の黒ウサギ』
鏡貴也×
の最強タッグが描く
ジャンプSQ.にて

新たな世界を切り拓け!!
光輝くあなたの才能《ちから》、お待ちしております。
講談社
ラノベ文庫
2大新人賞
募集中
!!!
第5回 講談社ラノベ文庫 新人賞
応募締切 2015年4月30日
(当日消印有効)
第5回 講談社ラノベ チャレンジカップ
応募締切 2015年10月31日
(当日消印有効)
イラスト:ゆーげん